Doris Lessings *Katzenbuch*

Mit Katzenportraits von Isolde Ohlbaum

Klett-Cotta

Meiner Tochter Jean Wisdom,
die ein Leben mit Katzen liebt.

Das Haus stand auf einem Hügel, und deshalb waren die Falken, die Adler, die Raubvögel, die getragen von kreisenden Luftströmen über dem Busch schwebten, oft in Augenhöhe, manchmal auch tiefer. Man sah auf sonnenglatte braune und schwarze Schwingen von fast zwei Meter Spannweite hinunter, die abkippten, wenn der Vogel in die Kurve glitt. Unten auf den Feldern konnte man ganz reglos in einer Ackerfurche liegen, möglichst an einer Stelle, wo der Pflug beim Wenden tief eingeschnitten hatte, abgeschirmt durch Gras und Laub. Die Beine, trotz der Sonnenbräune zu blaß neben dem rötlichbraunen Boden, mußten mit Erde bedeckt oder in die Erde vergraben werden. Hoch oben kreisten ein Dutzend Vögel, die das Feld nach der winzigen Bewegung einer Maus, eines Vogels oder eines Maulwurfs absuchten. Man wählte sich einen aus, vielleicht einen genau über sich; vielleicht bildete man sich einen Moment lang einen Blickaustausch, Aug in Auge, ein: das kalt starrende Vogelauge und das nüchtern neugierige Menschenauge. Unter dem schmalen, geschoßähnlichen Leib, zwischen großen tragenden Schwingen waren die Krallen bereit. Eine halbe Minute später, oder zwanzig Minuten später, schoß der Raubvogel auf das kleine Geschöpf herab, das er ausgewählt hatte; dann hinauf und fort mit weitem, regelmäßigem Flügelschlag, hinter sich einen roten Staubwirbel und einen wilden, durchdringenden Geruch. Der Himmel war wie zuvor: ein weiter, blauer, lautloser Raum mit verstreuten Gruppen kreisender Vögel. Aber oben auf dem Hügel konnte ein Falke ganz einfach seitlich aus dem Luftwirbel herunterschießen, auf dem er sich hatte treiben lassen, um seine Beute auszuwählen – eines unserer Hühner. Oder sogar hügelan fliegen, eine der Straßen quer durch den Busch entlang, die ausgebreiteten Schwingen vorsichtig vor überhängenden Zweigen schützend: ein Vogel, der ganz sicher gegen seine Natur handelte, wenn er eine Luftstraße zwischen Bäumen benutzte, anstatt durch die Luft senkrecht zur Erde zu stoßen.

Unsere Hühner waren – wenigstens sahen ihre Feinde es so – ein unerschöpflicher Fleischvorrat für die Falken, Eulen und Wildkatzen im Umkreis von Meilen. Von Sonnenaufgang bis Sonnenuntergang bewegte sich das Hühnervolk auf der exponierten Hügelkuppe, gut sichtbar für Räuber durch glänzendes schwarzes, braunes, weißes Gefieder und hörbar durch dauerndes Gackern, Krähen, Kratzen und Scharren.

Auf den Farmen in Afrika ist es üblich, die Deckel der Paraffin- und Benzinkanister abzuschneiden und die gleißenden Metallscheiben so anzubringen, daß sie in der Sonne blitzen. Um die Vögel abzuschrecken, heißt es. Aber ich habe einen Falken gesehen, der aus einem Baum kam und sich eine dicke, verschlafene Henne von ihrem Gelege holte, und das, obwohl Hunde, Katzen und Menschen, schwarze wie weiße, in der Nähe waren. Und einmal, als die Familie vor dem Haus Tee trank, waren ein Dutzend Leute Zeuge, wie ein halb ausgewachsenes Kätzchen im Schatten eines Busches von einem herabstoßenden Falken geschlagen wurde. In der langen, heißen Mittagsstille konnte das plötzliche Kreischen oder Gackern oder Flügelschlagen bedeuten, daß ein Raubvogel ein Huhn geholt hatte, oder daß ein Hahn eine Henne getreten hatte. Es gab allerdings genug Hühner. Und so viele Falken, daß es keinen Sinn hatte, sie abzuschießen. Wann immer man auf dem Hügel stand und in den Himmel sah, kreiste dort mit Sicherheit ein Vogel, weniger als eine halbe Meile entfernt. Ein paar hundert Meter darunter huschte ein kleiner Schattenfleck über die Bäume, über die Felder. Wenn ich reglos unter einem Baum saß, beobachtete ich, wie Tiere erstarrten oder in Deckung gingen, sobald der warnende Schatten großer Schwingen hoch über ihnen sie berührte oder auf Gräsern, Blättern einen Augenblick lang das Licht auslöschte. Nie war es nur ein einziger Raubvogel. Zwei, drei, vier Vögel kreisten in einer Gruppe. Warum gerade dort? fragte man sich. Natürlich! Sie nutzten, wenn auch in unterschiedlicher Höhe, denselben Luftwirbel. Etwas weiter entfernt, eine zweite Gruppe. Sah man genau hin, so war der Himmel voll von schwarzen Punkten; oder, wenn das Sonnenlicht sie aufblitzen ließ, von glänzenden Punkten, wie Falter in einem Lichtkegel, der aus einem Fenster fällt. In diesen Meilen blauer Luft – wie viele Falken? Hunderte? Und jeder von ihnen imstande, die Entfernung zu unseren Hühnern in ein paar Minuten zurückzulegen.

Also wurden die Falken nicht abgeschossen. Außer im Zorn. Ich weiß noch, als das miauende Kätzchen in den Falkenklauen himmelwärts entschwand, ließ meine Mutter das Gewehr hinterdrein knallen. Natürlich vergebens.

Die Tagesstunden gehörten den Falken, Morgen- und Abenddämmerung hingegen den Eulen. Die Hühner wurden bei Sonnenuntergang in ihre Gehege gescheucht, während die Eulen noch aufbaumten; und einer verspäteten, schläfrigen Eule konnte es gelingen, ein Huhn im ersten Morgenlicht zu erbeuten, wenn die Gehege geöffnet wurden.

Falken bei Sonnenschein; Eulen in der Dämmerung; aber des Nachts Katzen, Wildkatzen.

Und hier hatte es einen Sinn, ein Gewehr zu benutzen. Die Raubvögel konnten sich frei Tausende von Meilen durch den Himmel bewegen. Eine Katze hatte einen Unterschlupf, einen Gefährten, Junge – mindestens aber einen Unterschlupf. Wenn eine sich unseren Hügel als Wohnort aussuchte, erschossen wir sie. Katzen kamen nachts zu den Hühnergehegen und fanden unwahrscheinlich enge Lücken zwischen Wänden oder in

Drahtzäunen. Wildkatzen paarten sich mit unseren Katzen, lockten friedliche Hausmiezen ins gefährliche Buschleben, für das sie sich unserer Überzeugung nach nicht eigneten. Wilde Katzen stellten das bequeme Dasein unserer Tiere in Frage.

Eines Tages sagte der Schwarze, der in der Küche arbeitete, er habe in einem Baum auf halbem Wege hügelab eine Wildkatze gesehen. Mein Bruder war nicht da; deshalb nahm ich das 5,6 mm-Gewehr und suchte sie. Es war Mittag: nicht die Zeit für Wildkatzen. Auf einem halbhohen Baum lag die Katze ausgestreckt auf einem Ast und fauchte. Ihre grünen Augen funkelten. Wildkatzen sind keine schönen Tiere. Sie haben ein häßliches, struppiges, gelblichbraunes Fell. Und sie riechen abscheulich. Diese Katze hatte in den letzten zwölf Stunden ein Huhn gerissen. Der Boden unter dem Baum war mit weißen Federn und mit Fleischstückchen bedeckt, die bereits stanken. Wir haßten Wildkatzen, die fauchten und kratzten und zischten und uns haßten. Das war eine Wildkatze. Ich erschoß sie. Sie fiel sofort vom Ast und vor meine Füße, zuckte noch einmal, wirbelte weiße Federn auf und lag reglos da. Normalerweise hätte ich den Kadaver an seinem räudigen, übelriechenden Schwanz genommen und in einen nahen unbenutzten Brunnen geworfen. Aber irgend etwas an dieser Katze machte mich stutzig. Ich bückte mich, um sie zu betrachten. Die Kopfform entsprach nicht der einer Wildkatze; und das Fell war, obwohl struppig, zu weich für eine Wildkatze. Ich mußte es zugeben: Das war keine Wildkatze, es war eine unserer Katzen. Wir erkannten in diesem häßlichen Kadaver Minnie, vor zwei Jahren eine liebenswürdige Hauskatze, die verschwunden war – von einem Falken oder einer Eule geschlagen, wie wir annahmen. Minnie war zur Hälfte eine Perserkatze gewesen, ein sanftes, zärtliches Geschöpf. Sie war dieser Hühnerdieb gewesen. Und unweit der Stelle, wo sie getötet worden war, fanden wir einen Wurf wilder Kätzchen; aber diese waren tatsächlich wild, und Menschen waren ihre Feinde: unsere Beine und Arme, die zerbissen und zerkratzt wurden, waren der Beweis. Also töteten wir sie. Vielmehr meine Mutter sorgte dafür, daß sie getötet wurden; denn irgendein Hausgesetz, über das ich mir erst viel später Gedanken machte, verpflichtete sie zu dieser abscheulichen Arbeit.

Wenn man ein wenig darüber nachdenkt: es gab immer Katzen im Haus. Kein Tierarzt näher als Salisbury, siebzig Meilen entfernt. Ich erinnere mich nicht, daß unsere Katzen sterilisiert wurden, Kätzinnen mit Sicherheit nicht. Katzen bedeuten Kätzchen, jede Menge und regelmäßig. Irgend jemand mußte die unerwünschten Kätzchen beseitigen. Vielleicht die Afrikaner, die im Haus und in der Küche arbeiteten? Ich weiß noch gut, wie oft die Worte *Bulala yena* (Töte sie!) ertönten. Die verletzten und schwachen Tiere in Haus und Hof: *Bulala yena!*

Aber im Haus gab es ein Gewehr und eine Pistole, und sie wurden von meiner Mutter benutzt.

Schlangen zum Beispiel überließen wir gewöhnlich ihr. Wir hatten immer Schlangen. Das klingt dramatisch, und vermutlich war es das auch; aber sie gehörten zu unserem Leben. Ich fürchtete sie längst nicht so wie die Spinnen – riesengroße, verschiedenartige und unzählbare, die mir das Leben schwermachten. Es gab Kobras, schwarze Mambas, Puffottern und Nachtvipern. Und eine besonders unangenehme Spezies, die sogenannte Boemslang, die sich gewöhnlich um einen Ast, einen Verandapfosten oder um etwas vom Boden Aufragendes wand und allen Störenfrieden ins Gesicht spuckte. Sie ist oft gerade in Augenhöhe, so daß die Getroffenen blind werden. Aber in den ganzen zwanzig Jahren mit Schlangen ereignete sich nur ein einziger schlimmer Fall, als eine Boemslang meinem Bruder in die Augen spuckte. Sein Augenlicht wurde von einem Afrikaner geret-
tet, der eine Eingeborenenmedizin verwendete.

Alarmgeschrei jedoch ertönte fortwährend. Eine Schlange in der Küche oder auf der Veranda; oder im Eßzimmer, überall, so schien es. Einmal hob ich um ein Haar eine Nachtviper auf, weil ich sie für einen Strang Stopfwolle hielt. Aber sie bekam als erste Angst, und ihr Zischen rettete uns beide: Ich rannte, und sie entkam. Einmal kroch eine Schlange in den Sekretär, dessen Fächer mit Papieren vollgestopft waren. Es dauerte Stunden, bis meine Mutter und die Diener das Tier herausgescheucht hatten, so daß sie es erschießen konnte. Einmal verkroch sich eine Mamba in der Vorratshütte unter der Kornkiste. Meine Mutter mußte sich auf die Seite legen und sie aus dreißig Zentimeter Entfernung erschießen.

Eine Schlange im Holzstoß löste Alarm aus; und ich verursachte den Tod einer Lieblingskatze, weil ich sagte, ich hätte die Schlange zwischen zwei Scheiten hineinkriechen sehen. In Wirklichkeit war es der Schwanz der Katze gewesen. Meine Mutter schoß auf etwas Graues, das sich bewegte; und schreiend kam die Katze hervor mit aufgerissener Seite, blutig und zerfetzt. Sie wälzte sich zwischen den Holzsplittern und schrie, und ihr kleines blutendes Herz war durch die zarten, zersplitterten Rippen zu sehen. Sie starb, während meine Mutter sie weinend streichelte. Die Kobra hatte sich inzwischen ein paar Meter entfernt um eine Latte gewunden.

Einmal gab es einen großen Aufruhr, Rufen und Schreien; und auf einem steinigen Weg zwischen Hibiskusbüschen und Christusdorn kämpfte eine Katze mit einer geschmeidigen, tanzenden Schlange. Die Schlange glitt in die meterbreite Dornenhecke und blieb dort, ihre glitzernden Augen auf die Katze gerichtet, die sich ihr nicht nähern konnte. Die Katze blieb den ganzen Nachmittag dort, umkreiste das Dornengestrüpp, in dem sich die Schlange verbarg, fauchte, miaute. Aber als es dunkelte, entkam die Schlange ungehindert.

Aufzuckende Erinnerungen, Geschichten ohne Anfang und ohne Ende. Was wurde aus der Katze, die auf dem Bett meiner Mutter lag, wimmernd vor Schmerzen, die Augen geschwollen, weil sie von einer spuckenden Schlange getroffen worden war? Oder aus der Katze, die schreiend ins Haus kam, die prallvollen Zitzen über den Boden schleppend? Wir wollten nach ihren Jungen in einer Kiste im Werkzeugschuppen sehen, aber sie waren verschwunden; und der Diener, der die Spuren im Staub um die Kiste untersuchte, sagte: *»Nyoka.«* Eine Schlange.

In der Kindheit tauchen Menschen, Tiere, Ereignisse auf, werden hingenommen, verschwinden, ohne daß Erklärungen geboten oder verlangt werden.

Doch wenn ich jetzt an die Katzen zurückdenke, ständig Katzen, hundert Erlebnisse mit Katzen, Jahre und Jahre mit Katzen, staune ich über die viele Arbeit, die sie verursacht haben müssen. Jetzt in London habe ich zwei Katzen; und oft genug sage ich: Wie unsinnig, daß man sich wegen zwei kleiner Tiere so viel Mühe und Sorge macht.

Diese ganze Arbeit mußte von meiner Mutter bewältigt werden. Farmarbeit für den Mann; Hausarbeit für die Frau, auch wenn die Arbeit im Haus sehr viel mühevoller ist als die übliche Hausarbeit in einer Stadt. Es war auch deshalb ihre Arbeit, weil jedem die Arbeit zufällt, die seiner Natur entspricht. Sie war gütig, vernünftig, klug. Sie war vor allem in jeder Hinsicht praktisch. Und mehr noch: Sie gehörte zu den Menschen, die den *Lauf des Lebens verstehen;* und sich ihm fügen. Keine leichte Rolle.

Mein Vater kannte sich ebenfalls gut aus; er war Bauer. Aber seine Haltung war wie ein Protest; wenn etwas getan werden mußte, Schritte unternommen werden mußten, wurde ein endgültiger Entschluß gefaßt – und meine Mutter faßte ihn. »Damit ist wohl alles erledigt, nehme ich an!« sagte er dann ironisch und verärgert, aber gleichzeitig auch bewundernd. »Natur«, sagte er weiter und gab sich geschlagen, »ist ja schön und gut, wenn man sie unter Kontrolle hat.«

Aber meine Mutter, für die Natur nicht nur das eigene Element, sondern auch Pflicht und Bürde bedeutete, verschwendete keine Zeit mit sentimentalem Philosophieren: »Für dich ist also alles schön und gut«, sagte sie dann; scherzhaft um jeden Preis; aber eigentlich vorwurfsvoll,

denn natürlich ertränkte mein Vater nicht die Kätzchen, tötete nicht die Schlangen, schlachtete nicht die kranken Hühner, räucherte nicht die Nester der Termiten mit brennendem Schwefel aus: Mein Vater mochte Termiten und beobachtete sie gern.

Um so schwerer ist es zu verstehen, wie es zu dem schrecklichen Wochenende kam, an dem ich mit meinem Vater allein war mit ungefähr vierzig Katzen.

Das einzige, was mir von dieser Zeit in Erinnerung geblieben ist, gleichsam als Entschuldigung, ist die Bemerkung: »Sie ist weichherzig geworden und kann keine Katze mehr ertränken.«

Dies wurde ungeduldig, gereizt gesagt und – von mir – mit kalter Wut.

Damals lag ich im Kampf mit meiner Mutter, einem Kampf bis aufs Blut, einem Kampf ums Überleben, und vielleicht hatte es etwas damit zu tun; ich weiß es nicht. Aber heute frage ich mich beunruhigt, was für ein Bruch in ihrem Selbstbewußtsein stattgefunden hat. Oder war es einfach Protest? Welche seelischen Nöte zeigten sich auf diese Weise? Was hat sie eigentlich in jenem Jahr gesagt, als sie keine Katzen ertränken wollte, keine Katzen töten wollte, die getötet werden mußten? Und schließlich, warum ging sie fort und ließ uns beide allein, obwohl sie genau wußte, ja gewußt haben mußte, denn dies wurde ständig lautstark angedroht, was geschehen würde?

Die ein Jahr – oder weniger – dauernde Weigerung meiner Mutter, ihre Aufgaben als Schiedsrichterin wahrzunehmen, abzuwägen zwischen Vernunft und sinnloser Wucherung der Natur, bewirkte, daß das Haus, die Schuppen ringsum, das Buschland um die Farm mit Katzen überschwemmt waren. Katzen jeden Alters; zahme, halbzahme und wilde Katzen; räudige, kranke und verkrüppelte Katzen. Noch schlimmer, ein halbes Dutzend war trächtig. Nichts bewahrte unsere Farm davor, innerhalb weniger Wochen das Schlachtfeld für hundert Katzen zu werden. Irgend etwas mußte geschehen. Mein Vater sagte es. Ich sagte es. Die Dienstboten sagten es. Meine Mutter preßte die Lippen zusammen, sagte nichts, sondern ging fort. Bevor sie ging, verabschiedete sie sich von ihrem Liebling, einer alten getigerten Katze, von der alle abstammten. Sie streichelte sie zärtlich und weinte. Daran erinnere ich mich, auch an das Gefühl meiner Ohnmacht, weil ich diese hilflosen Tränen nicht verstehen konnte.

Sowie sie fort war, sagte mein Vater mehrmals: »Also, es muß sein, nicht wahr?« Ja, es mußte sein; also rief er den Tierarzt in der Stadt an. Das war keine ganz einfache Sache. Die Telephonleitung teilten wir mit zwanzig anderen Farmern. Man mußte warten, bis der Klatsch und der Austausch von Neuigkeiten beendet waren; dann das Amt anrufen; dann um die Verbindung mit der Stadt bitten. Das Amt rief zurück, sobald eine Leitung frei war. Das konnte ein, zwei Stunden dauern. Es war noch schlimmer zu warten, weil man ständig die Katzen sah und wünschte, die ganze häßliche Angelegenheit wäre überstanden. Wir saßen nebeneinander auf

dem Tisch im Wohnzimmer, während wir auf unseren Anruf warteten. Endlich erreichten wir den Tierarzt, der sagte, am wenigsten grausam sei es, ausgewachsene Katzen mit Chloroform zu töten. Die nächste Apotheke war in Sinoia, aber die Apotheke war übers Wochenende geschlossen. Von Sinoia aus riefen wir einen Apotheker in Salisbury an und baten ihn, uns am nächsten Tage mit dem Zug eine große Flasche Chloroform zu schicken. Er sagte, er wolle es versuchen. An diesem Abend saßen wir vor dem Haus unter den Sternen; dort verbrachten wir immer die Abende, wenn es nicht regnete. Wir waren unglücklich, zornig, schuldbewußt. Wir gingen früh ins Bett, damit die Zeit verstrich. Der folgende Tag war ein Samstag. Wir fuhren zum Bahnhof, aber das Chloroform war nicht gekommen. Am Sonntag warf eine Katze sechs Junge. Alle waren verkrüppelt: Jedes hatte irgendeinen Defekt. Inzucht, erklärte mein Vater. Wenn das stimmt, dann ist es erstaunlich, daß aus einigen gesunden Tieren in knapp einem Jahr eine ganze Schar kränkelnder Krüppel entstehen konnte. Ein Diener schaffte die Jungen fort, und wieder verbrachten wir einen unglücklichen Tag. Am Montag fuhren wir zum Bahnhof, und diesmal kehrten wir mit dem Chloroform zurück. Meine Mutter würde am Abend heimkommen. Wir nahmen eine große luftdichte Keksdose und setzten eine alte, traurige, kranke Katze hinein, zusammen mit einem chloroformgetränkten Wattebausch. Ich empfehle dieses Verfahren nicht. Der Tierarzt hatte gesagt, es ginge ganz schnell; aber das war nicht der Fall.

Schließlich wurden die Katzen eingefangen und in ein Zimmer gesperrt. Mein Vater ging mit seiner Pistole aus dem Ersten Weltkrieg hinein; zuverlässiger als ein Gewehr, sagte er. Die Pistole krachte, und wieder und wieder und wieder. Die Katzen, die noch frei herumliefen, ahnten ihr Schicksal und flüchteten schreiend durch den Busch vor den Verfolgern. Einmal kam mein Vater aus dem Zimmer, leichenblaß, die Lippen zornig zusammengepreßt und die Augen feucht. Er übergab sich. Dann fluchte er, kehrte in das Zimmer zurück, und die Knallerei ging weiter. Endlich kam er heraus. Die Diener gingen hinein und trugen die Kadaver zu dem unbenutzten Brunnen.

Einige Katzen waren entkommen – drei kehrten nie mehr zum Mordhaus zurück; vermutlich haben sie den Lebenskampf in der Wildnis aufgenommen. Als meine Mutter von ihrer Reise zurückkehrte und der Nachbar, der sie hergefahren hatte, gegangen war, ging sie still und wortlos durch das Haus, wo jetzt nur noch eine einzige Katze war, ihr alter Liebling, die auf ihrem Bett schlief. Meine Mutter hatte nicht darum gebeten, diese Katze zu schonen, denn sie war alt und kränklich. Dennoch suchte sie sie; und lange Zeit saß sie bei ihr, streichelte sie und sprach mit ihr. Dann kam sie auf die Veranda. Hier saß mein Vater, und hier saß ich: zwei Mörder, die sich auch so fühlten. Sie setzte sich. Er drehte sich eine Zigarette. Seine Hände zitterten immer noch. Er blickte sie an und sagte: »Das darf nie wieder vorkommen.«

Und es kam nie mehr vor, vermute ich.

Ich war wütend über die Massenvernichtung der Katzen, weil sie hätte vermieden werden können; aber ich erinnere mich nicht, traurig gewesen zu sein. Dagegen war ich gefeit, denn einige Jahre zuvor, als Elfjährige, hatte ich mir wegen des Todes einer Katze die Augen ausgeweint. Damals hatte ich mir angesichts des kalten, schweren Kadavers, der gestern noch das federleichte Geschöpf gewesen war, gesagt: Nie wieder. Aber das hatte ich schon einmal geschworen, und ich wußte es. Als ich drei Jahre alt war, erzählten meine Eltern, ging ich mit dem Kindermädchen in Teheran spazieren und las trotz ihres Protestes ein halbverhungertes Kätzchen von der Straße auf und brachte es nach Hause. Das sei mein Kätzchen, soll ich gesagt haben, und ich kämpfte darum, als man es nicht im Haus aufnehmen wollte. Man wusch es mit Permanganat, weil es schmutzig war; und danach schlief es auf meinem Bett. Ich ließ es mir um keinen Preis wegnehmen. Aber natürlich geschah es, denn meine Familie verließ Persien, und die Katze blieb zurück. Oder vielleicht ist sie gestorben. Vielleicht – aber wie soll ich es wissen? Jedenfalls hatte vor langer Zeit ein kleines Mädchen um eine Katze gekämpft, die ihr Tag und Nacht Gesellschaft leistete; und dann hat sie sie verloren.

Nach einer gewissen Zeit – und für manche kann das in sehr jungen Jahren sein – gibt es keine neuen Menschen, Tiere, Träume, Gesichter, Ereignisse: Alles hat sich schon einmal zugetragen, sie sind schon früher erschienen, unter anderen Masken, mit anderen Kleidern, von anderer Nationalität, anderer Farbe; aber immer das gleiche, und alles ist ein Echo und eine Wiederholung; und es gibt auch keinen Kummer, der nicht die Wiederholung von etwas längst Vergessenem ist, der sich in großer Seelenqual ausdrückt, in Tagen voll Tränen, Einsamkeit, Erkenntnis des Verlustes – und alles wegen einer kleinen, dünnen, sterbenden Katze.

In jenem Winter wurde ich krank. Das kam ungelegen, weil mein großes Zimmer getüncht werden sollte. Ich wurde in die Kammer am Ende des Hauses gesteckt. Das Haus, das beinahe, aber nicht genau auf der Hügelkuppe stand, sah immer aus, als drohe es in die Maisfelder unten abzurutschen. Dieses winzige Zimmer, das nur wie ein schmaler Streifen am Ende des Hauses war, hatte eine Tür, die immer offenstand, und Fenster, die immer offenstanden, trotz des windigen, kalten Juli mit seinem unendlichen hellen klaren Blau. Der Himmel voller Sonne; die Felder von der Sonne beschienen. Aber kalt, sehr kalt. Die Katze, eine bläulichgraue Perserkatze, kam schnurrend auf mein Bett und leistete mir während meiner Krankheit Gesellschaft, aß mit mir, teilte mein Kissen, schlief bei mir.

Wenn ich am Morgen aufwachte, lag mein Gesicht auf eiskaltem Leinen; die Oberseite der Felldecke auf dem Bett war kalt; der Geruch nach frischer Farbe, der von nebenan kam, war kalt und sauber; der Wind, der draußen den Staub aufwirbelte, war kalt – aber in meiner Armbeuge lag etwas Leichtes, Schnurrendes, Warmes, die Katze, meine Freundin.

Hinter dem Hause war ein Holzzuber in die Erde eingelassen, in dem das Waschwasser aus dem Badezimmer aufgefangen wurde. Auf unserer Farm gab es keine Wasserleitung: Das Wasser wurde mit einem Ochsenwagen von einem mehrere Meilen entfernten Brunnen geholt, wenn man es brauchte. Während der Trockenmonate hatten wir für den Garten nur das schmutzige Badewasser. In diesen Zuber fiel die Katze, als er voll heißem Wasser war. Sie schrie, wurde herausgezogen in dem eisigen Wind, in Permanganat gewaschen, denn in dem Seifenwasser schwammen halbverweste Blätter und Staub, wurde getrocknet und zu mir ins Bett gelegt. Aber sie nieste und hustete und wurde dann fieberheiß. Sie hatte Lungenentzündung. Wir gaben ihr an Medikamenten, was wir im Haus hatten, doch damals kannte man noch keine Antibiotika, und so starb sie. Eine Woche lang lag sie schnurrend in meinem Arm; sie hatte ein heiseres, zitterndes Stimmchen, das immer schwächer wurde und schließlich verstummte; sie leckte mir die Hand; sie öffnete die großen grünen Augen, wenn ich sie beim Namen nannte und anflehte, am Leben zu bleiben; sie schloß die Augen, starb und wurde in den tiefen Brunnen geworfen – über dreißig Meter tief –, der ausgetrocknet war, weil das unterirdisch fließende Wasser in einem Jahr seinen Lauf geändert hatte, so daß aus dem vermeintlich unerschöpflichen Brunnen ein trockener, zerklüfteter Schacht geworden war, der bald zur Hälfte mit Abfall, Büchsen und Kadavern gefüllt war.

Das war's also. Nie wieder. Und jahrelang verglich ich die Katzen meiner Freunde, die Katzen in Läden, die Katzen auf Farmen, die Katzen auf der Straße, die Katzen auf Mauern, die Katzen aus der Erinnerung mit dem sanften, blaugrauen, schnurrenden Geschöpf, das für mich *die* Katze war, die Katze, die nie ersetzt werden konnte.

Und außerdem erlaubte mein Leben einige Jahre lang keinen unnötigen Zierrat, keine Besonderheiten. Katzen hatten keinen Platz in einem Leben, das immer von Ort zu Ort wechselte, von Zimmer zu Zimmer. Eine Katze braucht ebensosehr einen eigenen Platz wie einen eigenen Menschen.

Und so hatte mein Leben erst fünfundzwanzig Jahre später Raum für eine Katze.

DAS WAR IN EINER GROSSEN HÄSSLICHEN WOHNUNG in Earls Court. Was wir brauchten, entschieden wir, war eine zähe, unkomplizierte, anspruchslose Katze, die sich in dem offensichtlich – wie sich bei jedem Blick nach hinten hinaus zeigte – wilden Machtkampf entlang der Mauern und in den Höfen behaupten konnte. Sie sollte Mäuse und Ratten fangen und im übrigen fressen, was ihr vorgesetzt wurde. Sie sollte nicht reinrassig und infolgedessen auch nicht heikel sein.

Diese Bedingungen hatten natürlich nichts mit London zu tun, sie gehörten zu Afrika. Auf der Farm zum Beispiel bekamen die Katzen warme Milch, wenn die Eimer vom Melken heraufgebracht wurden; Lieblingskatzen bekamen ein paar Bissen vom Tisch; aber sie bekamen nie Fleisch – das fingen sie sich selbst. Wenn sie krank wurden und nach ein paar Tagen nicht gesund waren, wurden sie getötet. Und auf einer Farm kann man ein Dutzend Katzen halten, ohne überhaupt an ein Katzenklo zu denken. Und was die Machtkämpfe betraf, so wurden diese um ein Kissen ausgetragen, um einen Stuhl, eine Kiste in einem Winkel der Scheune, einen Baum, einen Platz im Schatten. Sie grenzten ihre Gebiete gegeneinander ab, gegen die wilden Katzen und die Hunde. Eine Farm ist offenes Terrain, und darum wird hier viel mehr gekämpft als in der Stadt, wo einer Katze oder zwei Katzen ein Haus oder eine Wohnung gehören, die sie gegen Besucher oder Eindringlinge verteidigen. Wie diese beiden Katzen sich innerhalb des abgegrenzten Gebietes gegeneinander verhalten, das ist eine andere Sache. Aber die Verteidigungslinie gegen Fremde ist die Hintertür. Eine meiner Freundinnen in London mußte wochenlang eine Katzenkiste im Haus aufstellen, weil ihr Kater von einem Dutzend anderer belagert wurde, die ringsum auf den Mauern und Bäumen auf der Lauer lagen, um ihm den Garaus zu machen. Dann wendete sich das Kriegsglück, und der Kater konnte wieder Ansprüche auf seinen eigenen Garten erheben.

Meine Katze war eine halb ausgewachsene schwarzweiße Kätzin unbekannter Herkunft, garantiert stubenrein und zutraulich. Sie war ein nettes Tier, aber ich liebte sie nicht; tat es auch später nie; kurz, ich sperrte mich gegen sie. Ich fand sie neurotisch, überängstlich, nervös; doch das war ungerecht, denn das Leben einer Stadtkatze ist so unnatürlich, daß sie niemals die Unabhängigkeit entwickelt, die eine Landkatze hat. Es störte mich, daß sie auf die Heimkehr der Menschen wartete – wie ein Hund; daß sie im selben Zimmer sein wollte und Aufmerksamkeit verlangte – wie ein Hund; daß sie beim Werfen menschliche Hilfe nötig hatte. Was ihre

Ernährung betraf, so gewann sie diese Schlacht schon in der ersten Woche. Sie fraß nie, nicht ein einziges Mal, etwas anderes als gebratene Kalbsleber und gedünsteten Wittling. Wie war sie auf diesen Geschmack gekommen? Ich fragte ihre ehemalige Besitzerin, die es natürlich nicht wußte. Ich setzte ihr Dosenfutter vor und Speisereste vom Tisch; aber erst als wir Leber aßen, zeigte sie Interesse. Leber mußte es sein. Und sie fraß Leber nur, wenn sie in Butter gebraten war. Einmal beschloß ich, sie hungern zu lassen, bis sie nachgab. »Lächerlich, daß eine Katze gefüttert wird mit etc., etc., wenn Menschen in anderen Teilen der Welt hungern, etc.« Fünf Tage lang setzte ich ihr Katzennahrung vor, setzte ihr Bissen unserer eigenen Mahlzeit vor. Fünf Tage lang betrachtete sie kritisch den Teller und wandte sich ab. Jeden Abend nahm ich das alte Futter weg, öffnete eine neue Büchse, füllte ihren Milchnapf. Sie sprang herbei, um zu sehen, was ich ihr hingestellt hatte, nahm ein bißchen Milch, spazierte davon. Sie wurde dünner. Sie muß großen Hunger gehabt haben. Aber am Ende war ich diejenige, die klein beigab.

Auf der Rückseite dieses großen Hauses führte eine Holztreppe vom ersten Stock hinunter zum Hof. Hier saß sie, konnte ein halbes Dutzend Höfe überwachen, die Straße und einen Schuppen. Als sie neu zu uns gekommen war, kamen Kater aus der ganzen Umgebung, um den Neuankömmling zu begutachten. Sie saß auf der obersten Stufe, jederzeit bereit, in die Wohnung zu flüchten, wenn sie zu nahe kamen. Sie war halb so groß wie die dicken lauernden Kater. Viel zu jung, dachte ich, um trächtig zu werden; aber bevor sie ausgewachsen war, war sie schon trächtig, und es war nicht gut für sie, Junge zu haben, wenn sie selbst noch so jung war.

Das bringt mich auf unsere alte Freundin – die Natur. Die es angeblich so gut weiß. Wird eine freilebende Katze trächtig, bevor sie ausgewachsen ist? Wirft sie vier- bis fünfmal im Jahr, jedesmal sechs Junge? Natürlich vertilgt die Katze nicht nur Mäuse und Ratten; sie selbst dient den Falken als Nahrung, die in der Luft über den Bäumen liegen, wo sie sich mit ihren Jungen verbirgt. Ein Kätzchen, das sich in seiner ersten Neugier aus dem Schutz hervorwagt, wird in den Klauen eines Raubvogels verschwinden. Sehr wahrscheinlich wird eine Katze, die mit Nahrungssuche für sich und die Jungen beschäftigt ist, nur ein Junges beschützen können, höchstens zwei. Es ist bekannt, daß eine Hauskatze es kaum merkt, wenn man ihr von ihren fünf oder sechs Jungen zwei wegnimmt; sie jammert, sucht sie kurze Zeit, und dann hat sie vergessen. Aber wenn sie zwei Junge hat und eins davon vor dem normalen Zeitpunkt von sechs Wochen verschwindet, dann gerät sie in verzweifelte Angst und sucht es überall im Haus. Sind ein Wurf von sechs Kätzchen in einem warmen Korb in einem Stadthaus vielleicht Nahrung für Adler und Falke, nur eben am falschen Ort? Aber wie wenig anpassungsfähig, wie starr ist die Natur: Wenn Katzen seit so vielen Jahrhunderten die Gefährten des Menschen sind, hätte sich die Natur nicht anpassen können, wenigstens etwas abweichen können von der Regel: fünf bis sechs Kätzchen pro Wurf, viermal im Jahr?

Der erste Wurf dieser Katze wurde mit großem Gejammer angekündigt. Sie wußte, daß etwas geschehen würde, und sorgte dafür, daß jemand da war, wenn es geschah. Auf der Farm zogen sich die Katzen zum Werfen in einen wohlverborgenen, dunklen Winkel zurück; und einen Monat später erschienen sie wieder mit ihrem Nachwuchs, um die Jungen mit den Milchschüsseln vertraut zu machen. Ich kann mich nicht erinnern, jemals einer unserer Farmkatzen ein Wurflager vorbereitet zu haben. Der schwarzweißen Katze wurden Körbe, Schrankböden angeboten. Nichts davon schien ihr zuzusagen, sondern sie folgte uns zwei Tage vor dem Werfen auf Schritt und Tritt, rieb sich an unseren Beinen und miaute. Als die Wehen begannen, war sie in der Küche, weil sich hier Menschen aufhielten. Kaltes blaues Linoleum und darauf eine dicke Katze, die um Aufmerksamkeit miaute, ängstlich schnurrte, die Menschen nicht aus den Augen ließ, falls diese fortgingen. Wir holten einen Korb, setzten sie hinein und gingen hinaus, um etwas zu tun. Sie folgte uns. Es war also klar, daß wir bei ihr bleiben mußten. Die Wehen dauerten Stunden und Stunden. Endlich erschien das erste Junge, aber es lag verkehrt. Einer hielt die Katze fest, ein anderer zog an den schlüpfrigen Hinterbeinen des Jungen. Es kam heraus, doch der Kopf blieb stecken. Die Katze biß um sich und kratzte und schrie. Durch eine Kontraktion wurde das Junge ausgestoßen, und sofort fuhr die vor Schmerz halb irrsinnige Katze herum und biß das Junge in den Nacken, und es starb. Als die vier anderen Jungen geworfen waren, zeigte sich, daß das erste das größte und kräftigste gewesen war. Diese Katze warf sechsmal, und jeder Wurf hatte fünf Junge, und sie tötete jedesmal das erstgeborene des Wurfs, weil es ihr solche Schmerzen bereitete. Davon abgesehen war sie eine gute Mutter.

Der Vater war ein sehr großer schwarzer Kater, mit dem sie sich, wenn sie rollig war, im Hof wälzte; und der sonst auf der untersten Stufe der Holztreppe saß und sich putzte, während sie auf der obersten Stufe saß und sich ebenfalls putzte. Sie wollte nicht, daß er in die Wohnung kam – verjagte ihn. Als die Jungen soweit waren, daß sie ihren Weg in den Hof finden konnten, saßen sie auf den Stufen, eins, zwei, drei, vier, alle schwarz und weiß gefleckt, und sahen voll Angst auf den großen lauernden Kater. Schließlich ging die Mutter als erste, den Schwanz hoch aufgerichtet, ohne den schwarzen Kater zu beachten. Die Kätzchen folgten ihr, vorbei an ihm. Im Hof lehrte sie sie Reinlichkeit, während er zuschaute. Dann kam sie als erste die Stufen herauf; und sie kamen hinterdrein, eins, zwei, drei, vier.

Sie wollten nichts fressen außer gebratener Leber und gedünstetem Wittling; dies verheimlichte ich vor ihren potentiellen Besitzern.

Mäuse waren für diese Katze und für alle ihre Jungen nur ein Gegenstand milder Neugier.

Die Wohnung hatte eine Besonderheit, die ich in keinem anderen Londoner Haus wieder gesehen habe. Irgend jemand hatte aus der Küchenwand ein Dutzend Ziegelsteine herausgebrochen, außen ein Gitter und innen eine Tür angebracht; so war eine Art eingebauter Vorratsschrank entstanden, nicht ganz hygienisch, wenn man will, aber er ersetzte die früher übliche Vorratskammer. Hier konnten Brot und Käse entsprechend kühl, aber nicht zu kalt aufbewahrt werden, so daß sie feucht blieben. In diese Minivorratskammer jedoch kamen Mäuse. Sie lebten in den Mauern und hatten sich daran gewöhnt, alle Furcht vor Menschen bis auf einen ganz kleinen Rest abzulegen. Wenn ich unvermutet in die Küche kam und dort eine Maus fand, sah sie mich mit ihren glänzenden Augen an und wartete, daß ich ging. Wenn ich blieb und mich still verhielt, beachtete sie mich nicht weiter und setzte ihre Nahrungssuche fort. Wenn ich Lärm machte oder etwas nach ihr warf, schlüpfte sie in die Wand, aber ohne überstürzte Hast.

Ich brachte es nicht übers Herz, eine Mäusefalle für diese zutraulichen Tiere aufzustellen; hingegen fand ich, daß eine Katze sozusagen ein faires Mittel war. Aber die Katze hatte bisher die Mäuse nicht beachtet. Eines Tages kam ich in die Küche und sah, wie die Katze auf dem Küchentisch lag und zwei Mäuse auf dem Fußboden beobachtete.

Vielleicht würden ihre Jungen die angeblich natürlichen Instinkte in ihr wecken? Bald darauf warf sie, und als die Jungen alt genug waren, um die Treppe hinunter zu laufen, holte ich die Katze und die vier Jungen in die Küche, räumte alles Eßbare fort und schloß sie über Nacht ein. Ich kam gegen Morgen herunter, um ein Glas Wasser zu trinken, machte Licht und sah die Katze ausgestreckt am Boden, wie sie ihre Jungen, eins, zwei, drei vier, säugte, während einen halben Meter entfernt eine Maus den Kopf hob – irritiert durch das Licht, nicht durch die Katze. Die Maus lief nicht einmal weg, sondern wartete darauf, daß ich ging.

Die Katze mochte oder duldete die Gesellschaft von Mäusen; und sie entwaffnete einen etwas dummen Hund aus der Etage unter uns, der im Begriff war, sie zu jagen, dann kapitulierte, weil sie, in offensichtlicher Unkenntnis, daß Hunde Feinde waren, schnurrend um seine Beine strich. Er wurde ihr Freund und der Freund aller ihrer Jungen. Aber einmal zeigte sie Angst, als sie hätte gelassen bleiben sollen, falls Katzen Geschöpfe der Nacht sind, vertraut mit der Dunkelheit.

Eines Nachmittags senkte sich Nacht über London. Ich stand am Küchenfenster und trank mit einem Besucher Kaffee, als die Luft dunkel und schmutzig wurde und die Straßenbeleuchtung aufflammte. Vom hellen Tageslicht zur völligen Dunkelheit dauerte es höchstens zehn Minuten. Uns packte die Angst. Hatten wir das Zeitgefühl verloren? War die Bombe irgendwo explodiert und überdeckte unsere Erde mit einer Schmutzwolke? Ist in einer dieser Todesfabriken, mit denen diese hübsche

Insel übersät ist, durch einen Unfall tödliches Gas entwichen? Waren das also vielleicht unsere letzten Minuten? Keine Ahnung, so standen wir am Fenster und sahen zu. Es war ein schwerer, atemberaubender, schwefelgelber Himmel, eine gelblich-schwärzliche Dunkelheit; und die Luft brannte in der Kehle wie die Luft in einem Bergwerksschacht nach einer Explosion.

Es war außergewöhnlich still. In kritischen Augenblicken ist diese abwartende Ruhe Londons erste Reaktion und beunruhigt mehr als jede andere.

Die Katze saß zitternd auf dem Tisch. Ab und zu ließ sie einen Laut vernehmen – kein Miauen, sondern einen Klageton, eine fragende Klage. Als sie aufgenommen und gestreichelt wurde, wehrte sie sich, sprang auf den Boden, kroch dann regelrecht die Treppe hinauf und verbarg sich unter einem Bett, wo sie zitternd lag. Genau wie ein Hund.

Eine halbe Stunde später hob sich die Dunkelheit. Gegenläufige Winde hatten die schmutzigen Ausdünstungen der Stadt, die normalerweise nach oben steigen und verteilt werden, unter einer soliden, völlig bewegungslosen Luftschicht eingefangen. Dann wehte ein anderer Wind, brachte die Luftmasse in Bewegung, und die Stadt atmete wieder.

Die Katze blieb den ganzen Nachmittag unter dem Bett. Als sie endlich hinuntergelockt wurde in ein klares, frisches Abendlicht, hockte sie sich auf das Fensterbrett und beobachtete, wie die Dunkelheit herabsank –

die normale Dunkelheit. Dann putzte sie sich und brachte ihr struppiges und angstvoll gesträubtes Fell in Ordnung, trank etwas Milch und wurde wieder sie selbst.

Kurz bevor ich diese Wohnung aufgab, mußte ich übers Wochenende verreisen, und eine Freundin übernahm die Katze. Als ich zurückkehrte, war die Katze in Behandlung eines Tierarztes wegen eines Beckenbruchs. Das Haus hatte ein flaches Dach vor einem großen Fenster, auf dem sie sich zu sonnen pflegte. Aus irgendeinem Grund fiel sie von diesem Dach drei Stockwerke tief auf einen gepflasterten Weg. Sie muß erschreckt worden sein. Jedenfalls mußte sie getötet werden, und ich entschied, daß es verkehrt war, in London Katzen zu halten.

Das nächste Haus, in dem ich wohnte, eignete sich nicht für Katzen. Es war ein Wohnblock mit sechs kleinen Wohnungen, eine über der andern, aufgereiht entlang einer kalten Steintreppe. Kein Hof oder Garten: die nächste Grünfläche war wahrscheinlich der Regent's Park, eine halbe Meile entfernt. Eine Umgebung ungeeignet für Katzen, würde man meinen: Aber eine große schildpattfarbene Katze schmückte das Eckfenster eines Lebensmittelhändlers; und er sagte, die Katze schliefe dort nachts allein: und wenn er Ferien mache, schaffe er sie auf die Straße, wo sie für sich selbst sorgen müsse. Es hatte keinen Zweck, ihm Vorhaltungen zu machen, denn er fragte: Sehe sie nicht gesund und zufrieden aus? Ja, das stimmte. Und so lebte sie seit fünf Jahren.

Ein paar Monate hauste im Treppenhaus eine große schwarze Katze, die anscheinend niemandem gehörte. Sie wollte einem von uns gehören. Sie saß immer abwartend da, bis eine Tür geöffnet wurde, weil jemand hinein- oder hinausging, und miaute dann, aber vorsichtig, wie jemand, der schon zu oft zurückgewiesen worden ist. Sie trank ein wenig Milch, fraß ein paar Bissen, strich um die Beine und bat so, bleiben zu dürfen. Aber ohne Nachdruck oder auch ohne Hoffnung. Niemand forderte sie zum Bleiben auf. Es gab das Problem der Sauberkeit wie immer. Niemand wollte diese Treppe mit einer stinkenden Katzenkiste zu den Mülleimern hinunterlaufen. Und außerdem wäre es dem Hausbesitzer nicht recht gewesen. Im übrigen versuchten wir uns mit dem Gedanken zu trösten, daß sie wahrscheinlich zu einem der Läden gehörte und uns nur besuchte. So wurde sie bloß gefüttert.

Tagsüber saß sie auf dem Bürgersteig und beobachtete den Straßenverkehr oder ging in den Geschäften ein und aus: eine alte Stadtkatze; eine nette Katze; eine Katze ohne Ansprüche.

An der Ecke war ein Platz, auf dem drei Obst- und Gemüsekarren standen, die drei alten Leuten gehörten: zwei Brüdern, einem dicken Bruder und einem dünnen Bruder, und der Frau des dicken, die ebenfalls dick war. Es waren kleine Leute, einen Meter fünfzig groß, und immer machten sie Witze und immer über das Wetter. Wenn die Katze sie besuchte, saß sie unter einem Karren und fraß Stückchen von ihren Butterbroten.

Die kleine, rundliche Frau, die rote Backen hatte, so rot, daß sie schwärzlich wirkten, und die mit dem kleinen, rundlichen Bruder verheiratet war, sagte, sie würde die Katze mit nach Hause nehmen, aber sie befürchtete, ihre eigene Tibby würde nicht begeistert sein. Der kleine, dünne Bruder, der nie geheiratet hatte und der bei ihnen lebte, witzelte, daß er die Katze mitnehmen könne zur Gesellschaft und sie gegen Tibby verteidigen würde: Ein Mann, der keine Frau habe, brauche eine Katze. Ich glaube, er hätte es getan; aber er starb plötzlich an Hitzschlag. Bei jedem Wetter waren diese drei Leute immer in alle möglichen Tücher, Jacken, Pullover, Mäntel eingehüllt. Der dünne Bruder trug unweigerlich einen Mantel über einer dicken Schicht Kleider. Wenn das Thermometer mehr als dreizehn Grad anzeigte, klagte er über die Hitzewelle, und ihm mache die Hitze schwer zu schaffen. Ich riet ihm, nicht so viel anzuziehen, damit ihm nicht so heiß sei. Aber diese Einstellung zu Kleidung war ganz offensichtlich fremd für ihn: Es verunsicherte ihn. In einem Jahr hatten wir eine lange Schönwetterperiode, eine richtige Londoner Hitzewelle. Jeden Tag kam ich auf eine Straße hinunter, die heiter, warm, freundlich war, mit sommerlich gekleideten Menschen. Aber die kleinen alten Leute trugen immer noch ihre Kopftücher und Schals und ihre Pullover. Die alte Frau bekam immer rötere Backen. Sie machten die ganze Zeit Witze über die Hitze. Zu ihren Füßen, im Schatten unter dem Karren, lag die Katze zwischen hinuntergefallenen Pflaumen und welkenden Salatblättern.

Gegen Ende der zweiten heißen Woche starb der unverheiratete Bruder an Hitzschlag, und damit waren die Chancen der Katze auf ein Zuhause vorbei.

Ein paar Wochen lang hatte sie Glück und wurde im Pub aufgenommen. Das kam daher, weil Lucy, die Prostituierte, die im untersten Stock des Hauses wohnte, abends in dieses Pub ging. Sie nahm die Katze mit hinein und saß auf einem Barschemel in einer Ecke, die Katze auf dem Schemel daneben. Lucy war eine nette Frau, sehr beliebt in dem Pub; und jeder, den sie sich aussuchte, um ihn später mit hinaufzunehmen, wurde freundlich behandelt. Wenn ich dorthin ging, um mir Zigaretten oder etwas zu trinken zu holen, saßen Lucy und die Katze da. Lucys Verehrer, die zahlreich und aus allen Teilen der Welt waren, alte Kunden und neue und jeden Alters, zahlten ihr Getränke und überredeten den Wirt und seine Frau, der Katze Milch und Kartoffelchips zu geben. Aber die Attraktion einer Katze in einer Kneipe muß an Reiz verloren haben, denn bald besuchte Lucy das Pub ohne die Katze.

Als die kalte Jahreszeit und die frühen Abende begannen, war die Katze stets schon im Treppenhaus, bevor die Haustür geschlossen wurde. Sie schlief in dem wärmsten Winkel, den sie auf diesen unwirtlichen, kahlen Steinstufen finden konnte. Wenn es sehr kalt war, nahm der eine oder andere Hausbewohner sie für die Nacht auf; und am Morgen bedankte sie sich, indem sie um die Beine strich. Dann keine Katze mehr. Der Hausverwalter erklärte trotzig, er habe sie zum Tierschutzverein gebracht, um sie einschläfern zu lassen. Eines Nachts war die Wartezeit, bis die Tür am Morgen geöffnet wurde, zu lang gewesen, und sie hatte das Treppenhaus beschmutzt. Er lasse sich das nicht gefallen, sagte er Hausverwalter. Schlimm genug, hinter uns saubermachen zu müssen, er denke nicht daran, jetzt auch noch hinter Katzen sauberzumachen.

SPÄTER ZOG ICH IN EIN HAUS in einem Katzenrevier. Die Häuser sind alt, und sie haben schmale Gärten mit Mauern. Durch das Hinterfenster sieht man ein Dutzend Mauern jeder Größe und Höhe nach der einen Seite und ein Dutzend Mauern, Bäume, Gras, Sträucher nach der anderen Seite. Es gibt ein kleines Theater mit stufenförmigen Dächern. Katzen gedeihen hier. Es gibt immer Katzen auf den Mauern, Dächern und in den Gärten, die ein vielfältiges, geheimnisvolles Leben führen, ähnlich dem von Kindern, das nach unvorstellbaren geheimen Regeln verläuft, die Erwachsene nie erraten.

Ich wußte, es würde eine Katze ins Haus kommen. So wie man einfach weiß, wenn ein Haus zu geräumig ist, werden sich Leute finden, die darin wohnen, ebenso sicher müssen in Häusern Katzen sein. Aber eine Zeitlang wies ich die verschiedenen Katzen ab, die kamen und herumschnüffelten, um zu sehen, was das für ein Haus war.

Den ganzen schrecklichen Winter von 1962 wurden der Garten und das Dach über der rückseitigen Veranda von einem alten schwarzweißen Kater besucht. Er saß im nassen Schnee auf dem Dach; er schlich über den gefrorenen Boden; wenn die Hintertür kurz geöffnet wurde, saß er genau davor und schaute in die Wärme. Er war richtig häßlich, mit einem weißen Fleck über dem einen Auge, einem zerfetzten Ohr und dem leicht geöffneten, sabbernden Maul. Aber er war kein Streuner. Er hatte ein gutes Zuhause in einem der Nachbarhäuser, und warum er nicht dort blieb, schien niemand zu wissen.

Dieser Winter war außerdem ein Anschauungsunterricht für den außerordentlichen und freiwillig praktizierten Langmut der Engländer.

Die Häuser in dieser Gegend gehören größtenteils dem London County Council, und in der ersten Woche des Kälteeinbruchs platzten die eingefrorenen Leitungen, und die Leute hatten kein Wasser. Das Leitungsnetz blieb zugefroren. Die Behörden öffneten eine Hauptleitung an der Straßenecke, und wochenlang machten die Frauen mit Krügen und Kannen in ihren Hausschuhen den Weg durch knöcheltiefen Schneematsch, um Wasser zu holen. Die Hausschuhe trugen sie, um sich zu wärmen. Der Matsch und das Eis wurden nicht vom Bürgersteig entfernt. Sie holten das Wasser aus einer Leitung, die mehrmals kaputt ging, und sie sagten, es habe an heißem Wasser nur gegeben, was sie selbst auf dem Herd eine Woche lang, zwei Wochen lang, schließlich drei, vier und fünf Wochen lang heißgemacht hätten. Natürlich gab es kein heißes Wasser für ein Bad. Auf die Frage, weshalb sie sich nicht beschwerten – schließlich zahlten sie Miete, zahlten für warmes und kaltes Wasser –, antworteten sie, im County Council wisse man über die geplatzte Leitung Bescheid, unternehme jedoch nichts. Man habe erklärt, es herrsche eine Kältewelle: dieser Feststellung stimmten sie zu. Ihr Ton war anklagend, aber insgeheim waren sie zufrieden, wie es bei diesem Volk immer ist, wenn es unter vermeintlichen Naturkatastrophen leidet.

In dem Eckladen verbrachten ein alter Mann, eine Frau mittleren Alters und ein Kind die Tage dieses Winters. Durch die Tiefkühltruhe war es im Laden noch kälter als draußen; die Tür stand immer offen, so daß der eisige Schnee hereintrieb. Es gab überhaupt keine Heizung. Der alte Mann bekam eine Brustfellentzündung und lag zwei Monate im Krankenhaus. Danach war er so geschwächt und anfällig, daß er den Laden im Frühjahr verkaufen mußte. Das Kind saß auf dem Steinboden und weinte ununterbrochen vor Kälte und wurde von der Mutter geschlagen, die hinter dem Ladentisch in einem leichten Wollkleid, Männersocken und einer dünnen Jacke stand und klagte, wie schrecklich das alles sei, während sie schniefte und ihre Finger vor Frost anschwollen. Der alte Mann nebenan, der auf dem Markt als Lastträger arbeitete, rutschte vor seiner Haustür auf dem Eis aus, verletzte sich am Rücken und lebte wochenlang von Arbeitslosenunterstützung. In diesem Haus, das zehn Leute beherbergte, darunter zwei Kinder, gab es einen einzigen elektrischen Ofen, um der Kälte zu begegnen. Drei Bewohner kamen ins Krankenhaus, einer mit Lungenentzündung.

Und die Leitungen blieben geborsten, versiegelt mit bizarren Eisstalaktiten; die Bürgersteige blieben Eisbahnen; und die Behörden unternahmen nichts. In den bürgerlichen Wohnvierteln wurde der Schnee auf den Straßen natürlich jedesmal sofort weggeräumt, und die Behörden reagierten auf die Forderungen der verärgerten Bewohner, die ihr Recht verlangten und mit Prozessen drohten. In unserer Gegend standen es die Leute bis zum Frühjahr durch.

Wenn man von Menschen umgeben war, die so witterungsabhängig wie Höhlenmenschen vor zehntausend Jahren waren, verlor die Eigenart eines alten Katers, der seine Nächte auf einem vereisten Dach verbrachte, an Bedeutung.

Mitten in diesem Winter wurde Freunden ein Kätzchen angeboten. Bekannte von ihnen hatten eine Siamkatze und die hatte von einem Straßenkater Junge. Die Bastarde wurden weggegeben. Ihre Wohnung ist winzig, und beide arbeiteten den ganzen Tag; doch als sie das Kätzchen sahen, konnten sie nicht widerstehen. Am ersten Wochenende fütterten sie es mit Hummersuppe aus der Büchse und mit Hühnerfrikassee, und es störte ihre ehelichen Nächte, weil es am Hals oder wenigstens in Hautfühlung mit H., dem Mann, schlafen mußte. S., seine Frau, sagte am Telephon, sie sei im Begriff, die Liebe ihres Mannes an eine Katze zu verlieren, genau wie die Ehefrau bei Colette. Am Montag gingen beide zur Arbeit und überließen das Kätzchen sich selbst; als sie heimkamen, war es traurig und klagte, weil es den ganzen Tag allein gewesen war. Sie sagten, sie wollten es zu uns bringen. Das taten sie dann auch.

Das Kätzchen war sechs Wochen alt. Es war entzückend, ein zierliches Märchenkätzchen, dessen siamesische Abstammung sich in der Gesichtsform, den Ohren, dem Schwanz und in den feinen Körperlinien zeigte. Der Rücken war gestromt: Von oben oder von hinten war es ein hübsches Tigerkätzchen in Grau und Creme. Aber Brust und Bauch waren rauchiggolden, im Ton der Siamesen, mit schwarzen Halbbändern am Hals. Das Gesicht war mit Schwarz gezeichnet – feine dunkle Ringe um die Augen, feine dunkle Streifen auf den Backen, ein cremefarbenes Näschen mit schwarzgeränderter rosa Spitze. Von vorn, die schlanken Pfoten gerade aufgesetzt, war sie ein exotisch schönes Tier. Es hockte, ein winziges Ding, mitten auf einem gelben Teppich, umgeben von fünf Bewunderern, ohne sich im geringsten vor uns zu fürchten. Dann strich es in der Wohnung umher, inspizierte jeden Zoll, kletterte auf mein Bett, kroch unter ein Laken und war daheim.

Beim Abschied sagte S.: Keine Minute zu früh, sonst hätte ich überhaupt keinen Mann mehr gehabt.

Und er seufzte, es gebe nichts Angenehmeres, als von einer zarten rosa Katzenzunge geweckt zu werden.

Das Kätzchen ging oder vielmehr hopste die Treppe hinunter, denn jede Stufe war doppelt so hoch wie es selbst: zuerst die Vorderpfoten, dann ein Hopser mit den Hinterpfoten; Vorderpfoten, dann hops die Hinterpfoten. Es besichtigte das untere Stockwerk, verschmähte die Büchsennahrung, die ihm angeboten wurde, und verlangte nach einem Katzenklo, indem es danach miaute. Von Hobelspänen wollte es nichts wissen, aber Zeitungspapierfetzen waren annehmbar, sagte seine gezierte Haltung, wenn es sonst nichts anderes gab. Es gab nichts anderes: Der Boden draußen war hartgefroren.

Katzenfutter aus der Dose wollte sie nicht fressen. Sie weigerte sich. Und ich wollte sie nicht mit Hummersuppe und Hühnerfleisch füttern. Wir einigten uns auf gehacktes Rindfleisch.

Sie war in bezug auf Futter immer so heikel wie ein unverheirateter Gourmet. Das wird schlimmer, je älter sie wird. Schon als junge Katze konnte sie Verdruß oder Freude oder ihre Absicht, zu schmollen, ausdrücken, je nachdem, was sie fraß, zur Hälfte fraß oder ablehnte. Ihre Freßgewohnheiten sprechen eine deutliche Sprache.

Aber ich glaube, es ist einfach auch möglich, daß man sie zu früh von der Mutter weggenommen hat. Wenn ich den Katzenfachleuten mit allem Respekt sagen darf, möglicherweise irren sie sich, wenn sie behaupten, ein Junges dürfe die Mutter auf den Tag genau nach sechs Wochen verlassen. Dieses Kätzchen war sechs Wochen alt, keinen Tag älter, als es von seiner Mutter fortgenommen wurde. Im Grund war sein wählerisches Gebaren dem Futter gegenüber die neurotische Feindseligkeit, das Mißtrauen eines

Kindes, das Schwierigkeiten beim Essen macht. Sie mußte fressen, das wußte sie; also fraß sie. Aber sie hat nie mit Freude gefressen, nie aus Lust am Fressen. Und ein weiteres Merkmal teilte sie mit Menschen, die nicht genügend mütterliche Wärme erfahren haben. Noch jetzt kriecht sie instinktiv unter eine Zeitung oder in eine Schachtel oder einen Korb – alles, was Schutz bietet, alles, was zudeckt. Außerdem ist sie leicht beleidigt, schmollt gern. Und sie ist sehr feige.

Kätzchen, die sieben oder acht Wochen bei der Mutter bleiben, fressen problemlos, sie haben Vertrauen. Aber sie sind natürlich nicht so interessant.

Als Jungtier schlief diese Katze nie auf dem Bett. Sie wartete, bis ich darin lag, dann spazierte sie über mich hinweg und erforschte die Möglichkeiten. Sie kroch völlig unter die Decke zu den Füßen oder neben die Schulter oder unters Kopfkissen. Wenn ich mich zu sehr bewegte, zog sie gekränkt um und ließ ihren Ärger merken.

Wenn ich das Bett machte, war es ihre größte Freude, mit hineingepackt zu werden; und sie blieb oft stundenlang ganz zufrieden zwischen den Decken, sichtbar als ein winziger Hügel. Wenn man das Buckelchen streichelte, schnurrte und miaute es. Aber sie kam nur hervor, wenn es sein mußte.

Der Hügel bewegte sich dann quer übers Bett, zögerte am Rand. Mit einem ängstlichen Miau sprang sie auf den Boden. In ihrer Würde verletzt, putzte sie sich hastig, und die gelben Augen starrten böse auf die Zuschauer, die einen Fehler begingen, wenn sie lachten. Dann, jedes Haar Ausdruck ihres Selbstbewußtseins, stolzierte sie auf eine Bühne mehr im Mittelpunkt.

Zeit für das wählerische, nörglerische Fressen. Zeit für die Erdkiste – eine ebenso zierliche Vorführung. Zeit für die Pflege des weichen Fells. Und Zeit fürs Spielen, das nie um seiner selbst willen stattfand, sondern nur, wenn sie Zuschauer hatte.

Sie war so eitel und sich ihrer selbst so bewußt wie ein hübsches Mädchen, das außer seiner Schönheit keine Vorzüge hat: die Haltung von Körper und Kopf stets kontrolliert – eine Haltung, die wie eine Maske ist: nein, nein, *das* bin ich, die frechen Brüste, die gelangweilten, feindseligen Augen immer auf der Lauer nach Bewunderung.

Eine Katze in dem Alter, wo sie, wäre sie ein Mensch, Kleider und Frisur wie Waffen trüge, doch mit einer Zuversicht, daß sie jederzeit, wenn sie wollte, in die verzärtelte Kindheit zurückfallen könnte, sollte ihr die Rolle zu lästig werden – eine Katze, die in stolzer Pose und wie eine Prinzessin im Haus umherstolziert und dann müde, ein wenig verlegen sich unter einer Zeitung oder hinter einem Kissen verbarg und von diesem sicheren Schlupfwinkel aus die Welt betrachtete.

Ihr niedlichster Trick, den sie meistens einsetzte, um Gesellschaft zu bekommen, bestand darin, unter einem Sofa auf dem Rücken liegend sich mit schnellen scharfen Rucken der Pfoten hervorzuziehen, dann innezuhalten und das elegante Köpfchen zur Seite zu legen, die gelben Augen halb geschlossen, und auf Beifall zu warten. »O schönes Kätzchen! Süßes Tierchen! Hübsche Katze!« Daraufhin gab sie eine neue Vorstellung.

Oder wenn sie die richtige Unterlage hatte, den gelben Teppich, ein blaues Kissen, legte sie sich auf den Rücken und wälzte sich langsam mit angezogenen Pfoten und zurückgelegtem Kopf, so daß Brust und Bauch sichtbar waren, cremefarben und fein gezeichnet mit schwarzen Flecken wie ein Leopard, als wäre sie eine zierliche Subspezies des Leoparden. »O schönes Kätzchen, o du bist so schön!« Und so trieb sie es weiter, bis die Komplimente verstummten.

Oder sie saß auf der hinteren Veranda, aber nicht auf dem Tisch, der keinerlei Schmuck aufwies, sondern auf einem kleinen Ständer mit Narzissen- und Hyazinthentöpfen. Sie saß in Positur zwischen blauen und weißen Blumen, bis sie bemerkt und bewundert wurde. Nicht nur von uns natürlich; sondern auch von dem rheumatischen alten Kater, der, eine grimmige Mahnung eines viel härteren Lebens, durch den Garten strich, wo die Erde immer noch frosthart war. Er sah eine hübsche halbausgewachsene Katze hinter dem Glas. Sie sah ihn an. Sie hob den Kopf, hierhin und dorthin; biß ein Stückchen von der Hyazinthe ab, ließ es fallen; leckte sich nachlässig das Fell; dann, mit einem frechen Blick über die Schulter, sprang sie hinunter und kam ins Zimmer, weg aus seinem Blickfeld. Oder, wenn sie auf einem Arm oder einer Schulter die Treppe hinaufgetragen wurde, warf sie einen Blick aus dem Fenster auf den armen alten Kerl, der so still dasaß, daß wir manchmal dachten, er sei tot und steifgefroren. Wenn die Sonne am Mittag etwas wärmer wurde und er sich putzte, waren wir erleichtert. Manchmal beobachtete sie ihn vom Fenster aus, aber ihr Leben spielte sich immer noch in den Armen, Betten, Kissen und Winkeln der Menschen ab.

Dann kam der Frühling, die Hintertür wurde geöffnet, das Katzenklo wurde zum Glück überflüssig, und der Garten wurde ihr Reich. Sie war sechs Monate alt, voll ausgewachsen nach dem Gesichtspunkt der Natur.

Sie war so hübsch damals, so vollkommen: sogar schöner als jene Katze, die, wie ich vor vielen Jahren geschworen hatte, niemals ihresgleichen haben würde. Natürlich hat sie auch ihresgleichen nie gehabt; denn jene Katze war ganz Zurückhaltung, Zartheit, Wärme und Anmut gewesen – deshalb hatte sie, wie es die Märchen und die alten Frauen erzählen, jung sterben müssen.

Unsere Katze, die Prinzessin, war und ist immer noch wunderschön, aber man kann es nicht leugnen, sie ist ein selbstsüchtiges Biest.

Die Kater reihten sich auf den Gartenmauern auf. Zuerst der düstere alte Winterkater, der König der Gärten. Dann ein hübscher Schwarzweißer von nebenan, allem Anschein nach sein Sohn. Ein kampfvernarbter Tigerkater. Ein grauweißer Kater, der von seiner Niederlage so überzeugt war, daß er nie von der Mauer herunterkam. Und ein schneidiger junger Tiger, den sie offensichtlich bewunderte. Zwecklos, der alte König war noch unbesiegt. Als sie hinausstolzierte, den Schwanz hochgereckt, so tat, als beachtete sie keinen von ihnen, aber dabei den schönen jungen Tiger beobachtete, sprang er zu ihr hinunter, doch der Winterkater brauchte sich nur ein wenig auf der Mauer zu bewegen, und der junge Kater sprang zurück in die Sicherheit. Das ging so wochenlang.

Inzwischen kamen H. und S., um ihren ehemaligen Liebling zu besuchen. S. fand es ungerecht, daß die Prinzessin nicht ihre eigene Wahl treffen sollte; und H. sagte, das sei durchaus in Ordnung; eine Prinzessin müsse einen König bekommen, mochte er auch alt und häßlich sein. Er hat solche Würde, sagte H.; er ist so imponierend; und er hat sich durch sein nobles Ausharren im langen Winter die hübsche junge Katze verdient.

Inzwischen hatten wir dem häßlichen Kater den Namen Mephistopheles gegeben. (Bei sich zu Hause wurde er Billy genannt, wie wir erfuhren.) Unsere Katze hatte verschiedene Namen, aber keiner paßte. Melissa und Franny; Marilyn und Sappho; Circe und Ayesha und Suzette. Aber beim Sprechen, beim Kosen miaute und schnurrte sie bei langsilbigen Adjektiven – schöööne, süüüße Mieze.

An einem sehr heißen Wochenende, dem einzigen in einem sonst kühlen Sommer, wenn ich mich richtig erinnere, wurde sie rollig.

H. und S. kamen am Sonntag zum Essen, und wir saßen hinten auf der Veranda und beobachteten die Entscheidungen der Natur. Unsere Entscheidung war es nicht und ebensowenig die unserer Katze.

Zwei Nächte lang hatten die Kämpfe im Garten angedauert, schreckliche Kämpfe, klagende und heulende und schreiende Kater. Währenddessen hatte die graue Prinzessin am Fußende meines Bettes gesessen und mit gespitzten, beweglichen Ohren ins Dunkel gelauscht, die Schwanzspitze leise hin und her bewegend.

An jenem Sonntag war nur Mephistopheles zu sehen. Die graue Katze wälzte sich ekstatisch quer durch den Garten. Sie kam zu uns, rollte sich zu unseren Füßen und biß zu. Sie raste den Baum am Ende des Gartens hinauf und hinunter. Sie wälzte sich und schrie und rief und forderte auf.

»Die abscheulichste Zurschaustellung der Lust, die ich jemals gesehen habe«, sagte S. und beobachtete H., der in unsere Katze verliebt war.

»Arme Katze«, sagte H., »wenn ich Mephistopheles wäre, würde ich dich nicht so schlecht behandeln.«

»Du bist widerlich, H.«, sagte S. »Wenn ich das erzählte, kein Mensch würde mir glauben, aber ich habe immer gesagt, daß du unmöglich bist.«

»So. Das hast du also schon immer gesagt«, sagte H. darauf und streichelte die ekstatische Katze.

Es war ein sehr heißer Tag, wir hatten zum Essen viel Wein getrunken, und das Liebesspiel setzte sich den ganzen Nachmittag fort.

Endlich sprang Mephistopheles von der Mauer hinunter, wo die graue Katze sich zappelnd wälzte – aber er war ungeschickt.

»O mein Gott«, sagte H., der wirklich litt. »Das ist unverzeihlich.«

S. beobachtete gespannt die Qualen unserer Katze und äußerte dramatisch und deutlich ihre Zweifel, ob sich Sex überhaupt lohne. »Schaut euch das an«, sagte sie. »Das sind wir. Genauso sind wir.«

»So sind wir ganz und gar nicht«, sagte H. »Mephistopheles ist so. Man sollte ihn erschießen.«

Sofort erschießen, sagten wir einmütig; oder wenigstens einsperren, damit der junge Tiger von nebenan seine Chance hätte.

Aber der schöne junge Kater war nirgends zu sehen.

Wir tranken weiter Wein; die Sonne schien weiter; unsere Prinzessin tanzte, wälzte sich, schoß den Baum hinauf und hinunter, und als endlich alles gut ging, packte sie der alte König wieder und wieder.

»Er ist nur zu alt für sie«, sagte H.

»O mein Gott«, sagte S. »Ich muß dich nach Hause bringen. Sonst erbarmst du dich noch der Katze, jede Wette.«

»Ich wünschte, ich könnte es«, sagte H. »Was für ein schönes Tier, was für ein entzückendes Geschöpf, welch eine Prinzessin! Sie ist zu schade für einen Kater. Ich kann das nicht mit ansehen.«

Am folgenden Tage kehrte der Winter zurück; der Garten war kalt und naß; und die graue Katze nahm wieder ihr hochmütiges, verwöhntes Wesen an. Und der alte König lag, immer noch Sieger über alle anderen, auf der Mauer im stetig fallenden englischen Regen.

60

Die graue Katze nahm ihre Trächtigkeit leicht. Sie fegte durch den Garten, den Baum hinauf und hinunter; wieder und wieder; der Sinn dieses Tuns schien in dem einen Moment zu liegen, in dem sie, an den Baum geklammert, den Kopf wandte, die Augen halbgeschlossen, um Beifall entgegenzunehmen. Sie sprang die Treppe hinunter, drei, vier Stufen auf einmal. Sie hangelte sich unter dem Sofa über den Fußboden. Und da sie die Erfahrung gemacht hatte, daß jeder, der sie zum erstenmal sah, sofort in Begeisterung geriet – O was für eine schöne Katze! – saß sie in vorteilhafter Pose bei der Haustür, wenn Gäste kamen.

Dann, als sie sich durch das Geländer zwängen wollte, um eine Treppe tiefer zu springen, stellte sie fest, daß es nicht ging. Sie versuchte es nochmals, es ging nicht. Sie war gedemütigt, gab vor, es überhaupt nicht versucht zu haben, sondern den längeren Weg um die Biegung der Treppe zu bevorzugen.

Das Tempo baumauf und baumab wurde langsamer, dann gab sie auf.

Und als sich die Kätzchen in ihrem Leib bewegten, war sie überrascht, verstimmt.

Gewöhnlich schnüffelt eine Katze etwa zwei Wochen vor dem Werfen in Schränken und Winkeln herum – prüfend, ablehnend, wählend. Diese Katze tat nichts dergleichen. Ich räumte die Schuhe aus dem Schlafzimmerschrank und zeigte ihr den geschützten, dunklen, bequemen Platz. Sie ging hinein und wieder hinaus. Andere Stellen wurden ihr angeboten. Es lag nicht daran, daß sie ihr mißfielen; sie schien einfach nicht zu wissen, was geschah.

Einen Tag vor der Geburt wühlte sie sich auf einem Sessel in ein paar alte Zeitungen, aber die Bewegungen waren automatisch, keineswegs zielgerichtet. Irgendeine Drüse, oder was immer, hatte gesprochen und Bewegungen veranlaßt; sie gehorchte, aber was sie tat, hing nicht mit einem instinktiven Wissen zusammen, wenigstens schien es so, denn sie wiederholte es nicht.

Am Tag der Geburt hatte sie ungefähr drei Stunden lang Wehen, bevor es ihr bewußt wurde. Sie saß auf dem Küchenboden, miaute verwundert, und als ich sie hinaufschickte zum Schrank, ging sie tatsächlich. Sie blieb aber nicht dort. Sie trottete ziellos im Hause umher, schnüffelte – in diesem letzten Stadium – an verschiedenen möglichen Plätzen, verlor jedoch das Interesse und kam wieder in die Küche herunter. Sobald der Schmerz oder die ungewohnte Empfindung nachließ, vergaß sie sofort und wollte ihr gewohntes Leben wieder beginnen – das Leben eines verwöhnten, bewunderten Kätzchens. Das war sie ja auch eigentlich noch.

Ich brachte sie nach oben und sorgte dafür, daß sie im Schrank blieb. Sie wollte nicht. Sie reagierte ganz einfach nicht wie erwartet. Im Grund war es rührend, absurd – und komisch, und wir hätten am liebsten gelacht. Als die Kontraktionen stärker wurden, wurde sie böse. Als sie gegen Ende große Schmerzen hatte, miaute sie, aber es war ein protestierendes, zorniges Miauen. Sie war wütend auf uns, weil wir billigten, was ihr geschah.

Es ist faszinierend, die Geburt des ersten Jungen einer Katze zu erleben, den Augenblick, wenn das winzige, zappelnde Geschöpf in seiner weißen durchsichtigen Hülle erschienen ist und die Katze die Hülle wegleckt, die Nabelschnur abkaut und die Nachgeburt verzehrt, alles so zierlich, so gründlich, so vollkommen, obwohl sie alles zum erstenmal macht. Immer entsteht zunächst eine Pause. Das Junge ist ausgestoßen worden und liegt hinter der Katze. Die Katze blickt verstört, drauf und dran zu fliehen, auf das neue Ding, das mit ihr verbunden ist; sie schaut nochmals, sie weiß nicht, was es ist; dann setzt der Mechanismus ein, und sie gehorcht, wird Mutter, schnurrt, ist glücklich.

Bei dieser Katze gab es die längste Pause, die ich jemals erlebt habe, während sie das Junge betrachtete. Sie schaute es an, schaute mich an, bewegte sich ein wenig, um festzustellen, ob sie das Anhängsel loswerden könne – dann funktionierte es. Sie säuberte das Kätzchen, tat alles, was von ihr erwartet wurde, schnurrte – und dann stand sie auf, ging hinunter und setzte sich auf die rückwärtige Veranda und blickte auf den Garten hinaus. Das wäre überstanden, schien sie zu denken. Dann kam die nächste Kontraktion, und sie drehte sich um und blickte mich an – sie war ärgerlich, wütend. Ihr Gesicht, ihre Körperhaltung sagten unmißverständlich: Das ist verdammt lästig. Geh hinauf! befahl ich. Hinauf! Sie ging schmollend. Sie kroch die Treppe mit zurückgelegten Ohren hinauf – fast wie ein Hund, wenn er gescholten wird oder in Ungnade gefallen ist; aber sie hatte nichts von der Unterwürfigkeit eines Hundes. Im Gegenteil, sie ärgerte sich über mich und über die ganze Sache. Als sie das erste Kätzchen wiedersah, erkannte sie es; abermals funktionierte der Mechanismus, und sie leckte es. Sie warf vier Junge, und dann legte sie sich schlafen, ein bezauberndes Bild: eine wunderschöne Katze und vier saugende Kätzchen. Es war ein prächtiger Wurf. Das erste, ein Weibchen, ihr Abbild, sogar bis zu den feingezeichneten dunklen Ringen um die Augen, den schwarzen Halbbändern an Brust und Beinen, dem topasfarbenen schwach gefleckten Bauch. Dann ein graublaues Kätzchen: später wirkte es bei bestimmter Beleuchtung tief purpur. Ein schwarzes Kätzchen, das sich zu einem schwarzen Kater mit gelben Augen auswuchs, ganz Eleganz und Kraft. Und das Kätzchen des Vaters, genau wie er, ein ziemlich plumpes, ungraziöses Kätzchen in Schwarz und Weiß. Die ersten drei hatten die leichten, feinen Linien der Siam-Rasse.

Als die Katze erwachte, betrachtete sie die Jungen, die jetzt schliefen, erhob sich, schüttelte sich und stolzierte hinunter. Sie trank etwas Milch, fraß von dem rohen Fleisch, putzte sich von oben bis unten. Sie kehrte nicht zu den Jungen zurück.

Als S. und H. kamen, um die Kätzchen zu bewundern, saß die Mutterkatze unten an der Treppe im Profil in Positur. Dann rannte sie aus dem Haus, ein paarmal den Baum hinauf und hinunter. Dann stieg sie zum obersten Stock hinauf und kam wieder herunter, indem sie durch das Geländer jeweils auf die darunterliegende Treppe sprang. Dann strich sie schnurrend um H.s Beine.

»Du bist doch jetzt eine Mutter«, sagte S. entsetzt, »wieso bist du nicht bei deinen Jungen?«

Allem Anschein nach hatte sie die Jungen vergessen. Unerklärlicherweise hatte sie eine unangenehme Aufgabe erfüllen müssen; es war vorbei, und damit basta.

Sie sprang und tobte durchs Haus, bis ich sie am späten Abend hinaufschickte. Sie wollte nicht gehen. Ich trug sie zu den Kätzchen hinauf. Unmutig kroch sie zu ihnen. Sie wollte sich nicht hinlegen, um sie zu säugen. Ich zwang sie. Sowie ich den Rücken kehrte, verließ sie die Jungen. Ich saß daneben, während sie sie säugte.

Ich ging, um mich für die Nacht zurechtzumachen. Als ich ins Schlafzimmer zurückkam, lag sie unter meiner Decke und schlief. Ich brachte sie zu den Jungen zurück. Sie betrachtete sie mit zurückgelegten Ohren, und wieder wäre sie einfach davongelaufen, wenn ich nicht vor ihr gestanden und, eine unerbittliche Verkörperung der Autorität, auf die Kätzchen gezeigt hätte. Sie stieg zu ihnen hinein, ließ sich fallen, als wollte sie sagen: Wenn du unbedingt willst. Sowie die Kätzchen an ihren Zitzen saugten, meldete sich der Instinkt, wenn auch nicht sehr anhaltend, und sie schnurrte eine Weile.

Während der ganzen Nacht schlich sie sich aus dem Schrank und zu ihrem gewohnten Platz auf meinem Bett. Jedesmal sorgte ich dafür, daß sie zurückkehrte. Sobald ich eingeschlafen war, kam sie wieder, und die Kätzchen jammerten.

 Am Morgen hatte sie begriffen, daß sie die Verantwortung für diese Kätzchen trug. Aber sie hätte ihre Jungen – der großen Mutter Natur zum Trotz – verhungern lassen, wenn sie sich selbst überlassen geblieben wäre.

Als wir am folgenden Tag beim Mittagessen saßen, kam die graue Katze mit einem Kätzchen im Maul in die Küche gelaufen. Sie legte es mitten auf den Fußboden und ging wieder hinauf, um die anderen zu holen. Sie brachte alle vier herunter, eins nach dem andern; dann streckte sie sich mit ihnen auf dem Küchenboden aus. Sie würde sich nicht ausschließen lassen, hatte sie beschlossen; und den ganzen Monat, während die Kätzchen noch hilflos waren, erlebten wir, wo immer wir uns im Hause aufhielten, wie die graue Katze mit ihren Jungen ins Zimmer kam, sie auf eine Weise im Maul trug und schüttelte, die entsetzlich lieblos wirkte. Wenn ich nachts aufwachte, lag sie reglos neben mir, und sie rührte sich nicht und hoffte, ich würde sie nicht bemerken. Wenn sie wußte, daß ich sie bemerkt hatte, schnurrte sie, um mich zu erweichen, und leckte mir das Gesicht und biß mich in die Nase. Alles umsonst. Ich schickte sie zu ihren Jungen zurück, und sie ging schmollend.

Kurz, sie war eine miserable Mutter. Wir schoben es auf ihre Jugend. Als ihre Jungen einen Tag alt waren, versuchte sie, mit ihnen zu spielen, wie es eine Katze mit vier bis fünf Wochen alten Kätzchen tun würde. Ein winziges, blindes Knäuel wurde mit den großen Hinterpfoten herumgestoßen und zärtlich-spielerisch gebissen, während es doch nur an die unwillig dargebotenen Zitzen gelangen wollte. Ein trauriger Anblick, gewiß: Und wir waren auch böse auf sie; und dann lachten wir, aber das machte die Sache nur schlimmer, denn was sie überhaupt nicht vertragen kann, ist ausgelacht werden.

Trotz der schlechten Behandlung war dieser erste Wurf entzückend, der schönste, der in diesem Haus zur Welt kam – jedes Junge auf seine Weise bemerkenswert, selbst das Ebenbild des alten Mephistopheles.

Eines Tages kam ich nach oben und fand ihn im Schlafzimmer. Er betrachtete die Kätzchen. Die graue Katze war natürlich nicht da. Er hielt sich etwas entfernt, den Kopf vorgestreckt, wie üblich mit offenem Maul. Aber er wollte ihnen nichts tun, er war nur neugierig.

Da die Kätzchen so reizend waren, brachten wir sie sofort unter. Aber es war doch ein Unglückswurf. Innerhalb von achtzehn Monaten stieß allen etwas zu. Die vielgeliebte Katze, die das Ebenbild ihrer Mutter war, verschwand eines Tages und wurde nie mehr gesehen. Und der schwarzen Katze ging es ebenso. Jung-Mephistopheles wurde wegen seines Mutes und seiner Kraft Mäusefänger in einem Lagerhaus, starb jedoch an der Seuche. Die Purpurne, die selbst einen außerordentlichen Wurf hatte, drei vollkommene Siamesen, cremefarben und mit rosa Augen, und drei gewöhnliche Gassenkatzen, verlor ihr Heim. Sie soll allerdings ein neues ganz in der Nähe gefunden haben.

Die graue Katze, so beschlossen wir, sollte keine Jungen mehr bekommen. Sie eignete sich einfach nicht zur Mutterschaft. Aber es war zu spät. Sie war bereits wieder trächtig. Nicht von Mephistopheles.

Diese Gegend gilt bei den Katzendieben und -händlern als Katzengegend. Ich glaube, sie fahren einfach herum und nehmen sich die Tiere, die ihnen gefallen und nicht sicher im Haus eingesperrt sind. Das geschieht in der Nacht; und es ist ein schlimmer Gedanke, wie die Diebe die Katzen still halten, damit ihre Besitzer nicht geweckt werden. Die Leute in meiner Straße verdächtigen die Krankenhäuser in unserer Nachbarschaft. Diese Vivisektoren waren wieder zugange, sagen sie; und vielleicht haben sie recht. Jedenfalls verschwanden eines Nachts sechs Katzen, darunter auch Mephistopheles. Und jetzt bekam die graue Katze ihren Willen, nämlich den jungen Tigerkater mit der weißen Satinweste.

Wieder wurde sie von der Geburt überrascht, aber sie brauchte diesmal nicht so lange, sich zu fügen. Sie erhob sich vom Wochenbett und ging hinunter und wäre nicht zurückgekehrt, wenn man es ihr nicht befohlen hätte; aber ich glaube, im ganzen hatte sie an ihrem zweiten Wurf Freude. Diesmal waren die Jungen ganz gewöhnlich, eine recht hübsche Mischung von getigerten und weißgestromten Kätzchen; aber sie hatten keine Besonderheiten in Farbe oder Zeichnung, und es war schwieriger, sie unterzubringen.

Herbst, die Wege dick mit braunen Blättern der großen Platane bedeckt; die Katze lehrte ihre vier Jungen Jagen, Anschleichen und Springen, während das Laub durch die Luft wirbelte. Die Blätter spielten dabei die Rolle der Mäuse und Ratten – und wurden dann ins Haus gebracht. Das eine Kätzchen pflegte sein Blatt sehr sorgfältig zu zerreißen. Es hatte die merkwürdige Angewohnheit seiner Mutter geerbt: Sie kann eine halbe Stunde damit verbringen, eine Zeitung systematisch mit den Zähnen zu zerfetzen, Stückchen um Stückchen. Ob das typisch fur Siamkatzen ist? Eine Freundin von mir hat zwei Siamesen. Wenn sie Rosen in der Wohnung hat, holen sich die Katzen mit den Zähnen die Rosen aus der Vase, legen sie hin und reißen die Blütenblätter nacheinander ab, als wären sie in eine wichtige Arbeit vertieft. Vielleicht sollten in der freien Natur das Blatt, die Zeitung, die Rose Material für ein Lager sein.

Der grauen Katze machte es Spaß, ihren Jungen die Kunst des Jagens beizubringen. Auf dem Land wären sie sicher gut ausgebildete Katzen geworden. Sie erzog sie auch zur Sauberkeit: Keines ihrer Kätzchen beschmutzte jemals einen Winkel. Aber da sie immer noch Schwierigkeiten beim Fressen machte, zeigte sie kein Interesse, ihnen das Fressen beizubringen. Das lernten sie von selbst.

Von diesem Wurf blieb ein Tier länger bei uns als die anderen. Den Winter über hatten wir zwei Katzen, die graue und ihren Sohn, einen bunten, bräunlich-orangegefleckten Kater mit einer Weste wie sein Vater.

Die graue Katze wurde wieder zum Kätzchen, und die beiden spielten den ganzen Tag zusammen und schliefen eng angekuschelt. Der kleine Kater war viel größer als seine Mutter; aber sie kommandierte ihn herum und verprügelte ihn, wenn er ihr Mißfallen erregte. Sie konnten stundenlang daliegen und sich schnurrend gegenseitig das Gesicht lecken.

Er war ein gewaltiger Fresser, er fraß alles. Wir hofften, durch sein Beispiel würde sie vernünftiger werden, aber sie blieb eigen. Sie ließ ihn, ihr Junges, nach Katzenart stets zuerst trinken und fressen, während sie danebenhockte und zuschaute. Wenn er fertig war, ging sie hin, beschnüffelte das Katzenfutter oder die Speisereste und kam dann zu mir, um mich mit einem zarten Biß in die Wade zu erinnern, daß sie nur Kaninchen, rohes Fleisch oder rohen Fisch fraß, in kleinen Portionen und appetitlich auf einem sauberen Teller angerichtet.

Über ihrem Futter, das ihr von Rechts wegen allein zustand, hockte sie eifersüchtig, warf ihm finstere Blicke zu und fraß ohne Hast eine bestimmte Menge, nie mehr. Sie frißt selten alles auf, was ihr hingesetzt wird, fast immer läßt sie etwas übrig – feine Tischmanieren, aber bei der Grauen will es mir scheinen, als hätte dies seine Wurzel in einem aggressiven Trotz. »Ich fresse dieses Futter nicht auf – ich habe keinen Hunger, und du hast mir zuviel hingestellt, und es ist deine Schuld, wenn es verdirbt.« – »Ich habe so viel zu fressen, das hier brauche ich nicht zu fressen.« – »Ich bin ein zartes, kostbares Geschöpf und über so gewöhnliche Dinge wie Futter erhaben.« Das letzte ist deutlich ihre Haltung.

Der junge Kater fraß auf, was sie übrigließ, ohne zu merken, daß es besser war als sein eigenes Futter; und dann liefen sie fort, jagten sich durch Haus und Garten. Oder sie setzten sich auf das Fußende meines Bettes, schauten zum Fenster hinaus, putzten sich gegenseitig von Zeit zu Zeit und schnurrten.

Dies war der Höhepunkt im Leben der grauen Katze, der Gipfel ihres Glückes und Charmes. Sie war nicht allein; ihr Gefährte bedrohte sie nicht, weil sie ihn beherrschte. Und sie war so schön – wirklich wunderschön.

Am vorteilhaftesten sah sie aus, wenn sie auf dem Bett saß und hinausschaute. Die cremefarbenen, leichtgestreiften Vorderbeine standen auf silbrigen Pfoten gerade nebeneinander. Die Ohren mit einem leichten weißen Rand, der wie Silber wirkte, waren gespitzt und bewegten sich lauschend und aufmerksam nach vorn und hinten. Ihr Gesicht folgte wachsam jeder neuen Wahrnehmung. Der Schwanz zuckte in einer anderen Dimension, als ob die Spitze Mitteilungen empfinge, die von anderen Organen nicht aufgenommen werden konnten. Sie saß gelassen da, luftig, beobachtend, lauschend, fühlend, riechend, atmend, mit jeder Fiber, mit Fell, Schnurrhaaren, Ohren – alles vibrierte zart. Wenn ein Fisch die Bewegung des Wassers verkörpert, ihr Form verleiht, dann ist die Katze

Diagramm und Muster der so viel feineren Luft.

O Katze! sagte ich wie im Gebet. Schöööóne Katze! Kostbare Katze! Erlesene Katze! Seidige Katze! Katze wie eine weiche Eule, Katze mit Pfoten wie Falter, juwelengeschmückte Katze, wunderbare Katze! Katze, Katze, Katze, Katze.

Zuerst beachtete sie mich nicht; dann wandte sie geschmeidig und hochmütig den Kopf und schloß bei jedem Lobeswort halb die Augen, für jedes aufs neue. Und wenn ich aufhörte, gähnte sie träge und geziert und zeigte ein erdbeereisfarbenes Mäulchen und eine aufgerollte rosige Zunge.

Oder sie kauerte sich bedächtig hin und bannte mich mit ihren Augen. Ich blickte hinein, mandelförmig und dunkel umrandet und darum wieder ein cremefarbener Strich. Unter jedem Auge ein dunkler Pinselstrich. Grüne, grüne Augen; aber im Schatten von rauchigem Dunkelgold – eine dunkeläugige Katze. Aber im Licht grün, ein klares, kühles Smaragdgrün. Hinter den durchsichtigen Augäpfeln schimmerte ein Geäder wie Schmetterlingsflügel. Flügel gleich Juwelen – das Wesen des Flügels.

Ein Wandelndes Blatt ist von einem Blatt nicht zu unterscheiden – bei einem zufälligen Blick. Aber man schaue näher hin: Die Kopie eines Blattes ist mehr Blatt als das Blatt selbst – gerippt, geädert, zart, als ob ein Goldschmied es gearbeitet hätte, aber ein schalkhafter Goldschmied, so daß das Insekt fast schon eine Parodie ist. Sieh nur die Fälschung, sagt das Wandelnde Blatt: Gab es je ein so erlesenes Blatt wie mich? Sogar dort, wo ich die Unvollkommenheiten eines Blattes nachgemacht habe, bin ich vollkommen. Willst du je wieder ein gewöhnliches Blatt ansehen, nachdem du mich gesehen hast, das Kunstwerk?

In den Augen der grauen Katze lag der grüne Jadeschimmer eines Schmetterlingsflügels, als ob ein Künstler gesagt hätte: Was könnte so anmutig, so zierlich wie eine Katze sein? Was ein natürlicheres Luftgeschöpf? Welches Luftwesen ist der Katze verwandt? Der Schmetterling, natürlich der Schmetterling! Und da, tief in den Katzenaugen, liegt dieser Gedanke, nur angedeutet mit halbem Lachen, und verborgen hinter den Wimpernfransen, hinter dem feinen braunen Innenlid und den listigen Finten der Katzenkoketterie.

Graue Katze, vollkommene, erlesene Königin; graue Katze mit der Erinnerung an Leopard und Schlange; mit der Ähnlichkeit von Schmetterling und Eule; ein Miniaturlöwe mit mörderischen Stahlkrallen; graue Katze voller Geheimnisse, Verwandtschaften, Rätsel – die graue Katze, achtzehn Monate alt, eine junge Matrone in ihrer Blüte, bekam zum dritten Mal Junge, diesmal von dem grauweißen Kater, der sich während der Herrschaft des alten Königs nicht von der Mauer herunter getraut hatte. Sie bekam vier Junge, und ihr Sohn saß während der Geburt neben ihr und sah zu und leckte sie in den Pausen zwischen den Wehen und leckte die Kätzchen. Er wollte zu ihnen ins Nest, aber er bekam Ohrfeigen wegen dieses Rückfalls in den Infantilismus.

Es war wieder Frühling, die Hintertür stand offen, und die graue Katze, ihr erwachsener Sohn und die vier Kätzchen genossen den Garten. Aber die graue Katze war lieber mit ihrem Sohn als mit den Kätzchen zusammen; ja, sie hatte abermals Anstoß bei S. erregt, weil sie sofort, nachdem sie geworfen hatte, aufstand, sich von den Jungen entfernte und ihrem erwachsenen Sohn in die Arme fiel und sich mit ihm schnurrend auf dem Boden kugelte.

Bei diesem Wurf übernahm er die Rolle des Vaters; er erzog sie ebenso wie sie.

Inzwischen war schon am Horizont, blaß und verschleiert, wie sich die Zukunft immer andeutet, ein Schatten des Schicksals aufgetaucht; das drohende Ende der königlichen Alleinherrschaft der grauen Katze über das Haus.

Oben, in der Welt der Menschen, furchtbare Stürme und Gefühlsbewegungen und Dramen; und mit dem Sommer kam ein schönes, trauriges, blondes Mädchen ins Haus, und es hatte eine kleine, hübsche, elegante, schwarze Katze, eigentlich noch ein halbes Kätzchen, und dieser Fremdling hauste im untersten Geschoß, natürlich nur vorübergehend, weil sie im Augenblick kein eigenes Heim hatte.

Die kleine schwarze Katze hatte ein rotes Halsband und eine rote Leine, und in diesem Lebensstadium war sie nur ein Zubehör und eine dekorative Beigabe des hübschen Mädchens. Von der Königin im oberen Stockwerk wurde sie wohlweislich ferngehalten: Sie durften nicht zusammenkommen.

Dann auf einmal änderte sich für die graue Katze alles. Ihr Sohn wurde jetzt von dem neuen Besitzer angefordert, dem wir ihn versprochen hatten, und wohnte in Kensington. Die vier Kätzchen kamen in ihre neue Umgebung. Und wir entschieden, es sei nun genug, sie sollte keine Jungen mehr bekommen.

Damals wußte ich nicht, was es heißt, eine Katze sterilisieren zu lassen. Bekannte von mir hatten ihre Katzen und Kater unfruchtbar machen lassen. Der Tierschutzverein, bei dem ich mich erkundigte, empfahl es nachdrücklich. Verständlicherweise, denn dort muß man jede Woche Hunderte unerwünschter Katzen einschläfern, von denen es wahrscheinlich einmal »Oh, was für ein süßes Kätzchen!« geheißen hatte – bis sie ausgewachsen waren. Aber die Stimmen der Damen vom Tierschutzverein hatten genau den gleichen Ton wie die Stimme der Frau im Eckladen, die jedesmal, wenn ich ein gutes Zuhause für meine Kätzchen suchte, zu mir sagte: »Ist Ihre Katze immer noch nicht sterilisiert? Das arme Ding, ich finde es grausam, sie das durchmachen zu lassen.« – »Aber für eine Katze ist es doch natürlich, Junge zu bekommen«, antwortete ich, allerdings nicht ganz der Wahrheit entsprechend, da die graue Katze ja zu ihren Mutterpflichten gezwungen werden mußte.

Meine Beziehungen zu den Nachbarsfrauen betrafen hauptsächlich Katzen – verlorene oder zu Besuch kommende Katzen, Kätzchen, die von Kindern besucht wurden, oder Kätzchen, die weggegeben werden sollten. Und keine ist darunter, die nicht erklärt hätte, es sei grausam, eine Katze werfen zu lassen – und das heftig, beinahe zornig oder mit dem gleichen barschen Antagonismus meiner Mutter: »Für dich ist ja alles in Ordnung!«

Der alte Junggeselle, dem der Gemüseladen an der Ecke gehörte – jetzt ist der Laden wegen der Konkurrenz des Supermarktes geschlossen und weil er behauptete, es sei eigentlich ein Familienunternehmen und er habe keine Familie –, ein dicker Mann, mit ebenso dunkelroten Backen wie die kleine alte Frau vom Obst- und Gemüsekarren, sagte von den Frauen: »Sie hören nie auf, Kinder zu kriegen, aber sorgen sie dann für sie?« Er hatte keine Kinder und war in bezug auf die anderer Leute sehr selbstgerecht.

Hingegen hatte er eine alte Mutter von über achtzig, die bettlägerig und vollständig auf ihn angewiesen war. Sein Bruder und seine drei Schwestern waren verheiratet und hatten Kinder; ihrer Meinung nach fiel es dem unverheirateten Bruder zu, für die alte Mutter zu sorgen, da ihnen ihre Kinder genug zu tun gaben.

Er stand in seinem kleinen Laden hinter Steigen mit Steckrüben, Kartoffeln, Zwiebeln, Karotten und Kohl – anderes Gemüse gibt es in solchen Straßen höchstens tiefgekühlt –, sah die Kinder draußen herumtollen und sagte unfreundliche Dinge über ihre Mütter.

Er war auch dafür, die graue Katze sterilisieren zu lassen. Zu viele Menschen auf der Welt, zu viele Tiere, zu wenig zu essen, niemand kauft heutzutage etwas, wie soll das alles enden?

Ich rief drei Tierärzte an und fragte sie, ob es bei einer Katze notwendig sei, Gebärmutter und Eileiter zu entfernen – könnte man nicht die Eileiter abbinden und ihr wenigstens das Geschlecht lassen? Alle drei erklärten nachdrücklich, am besten sei es, alles herauszunehmen. »Alles rausmachen«, sagte einer; genau denselben Ausdruck verwendete ein Gynäkologe einer Freundin gegenüber. »Ich mache Ihnen alles raus«, sagte er.

Sehr interessant.

H. und S., beide Portugiesen, sagten, wenn sich zu Hause die Damen gegenseitig zum Tee besuchen, reden sie über ihre Operationen und über Frauenkrankheiten. Sie nennen diese Organe wie wir die Eingeweide von Tieren: Innereien – »meine Innereien, deine Innereien, unsere Innereien«.

Wirklich höchst interessant.

Ich setzte die graue Katze in den Katzenkorb und brachte sie zum Tierarzt. Sie war noch nie eingeschlossen gewesen, und sie beklagte sich – ihre Würde und ihre Selbstachtung waren verletzt. Ich ließ sie dort, und am späten Nachmittag ging ich wieder hin, um sie abzuholen.

Schlaff, benommen, krank lag sie in dem Katzenkorb und roch nach Äther. An der einen Seite war ein großer Fleck abrasiert worden, so daß man ihre weißlich-graue Haut sah. Quer über der Haut war ein fünf Zentimeter langer Schnitt, sauber zugenäht. Sie blickte mich aus ungeheuren dunklen, schreckensvollen Augen an. Sie war betrogen worden, und sie wußte es. Sie war von einem Freund verraten worden, von der Person, die sie fütterte, sie beschützte, auf deren Bett sie schlief. Etwas Furchtbares war ihr angetan worden. Ich konnte ihr nicht in die Augen sehen. Ich brachte sie in einem Taxi nach Hause, unterwegs stöhnte sie die ganze Zeit – ein hoffnungsloser, hilfloser, ängstlicher Laut. Daheim legte ich sie in einen anderen Korb, nicht in den Katzenkorb mit den Erinnerungen an den Tierarzt und an die Schmerzen. Ich deckte sie zu, stellte den Korb neben die Heizung und setzte mich zu ihr. Sie war nicht eigentlich krank, auch nicht in Gefahr. Sie hatte einen schlimmen Schock. Ich glaube nicht, daß irgendein Geschöpf über ein derartiges Erlebnis hinwegkommen kann.

Sie blieb dort zwei Tage lang, ohne sich zu rühren. Dann benutzte sie mit Mühe die Katzenkiste. Sie trank ein wenig Milch und kroch zurück, um sich hinzulegen.

Nach einer Woche wuchsen auf dem häßlichen kahlen Fleck wieder Haare. Bald mußte ich sie abermals zum Tierarzt bringen, um die Fäden herausnehmen zu lassen. Das war viel schlimmer als die erste Fahrt, denn jetzt wußte sie, daß der Korb, die Bewegung des Autos, Schmerzen und Angst bedeuteten.

Sie schrie und zappelte im Korb. Der Fahrer, so hilfreich wie alle Taxichauffeure meiner Erfahrung nach, hielt an, damit ich versuchen konnte, sie zu beruhigen; doch dann kamen wir überein, daß es besser war, es möglichst schnell hinter uns zu bringen. Ich wartete, während die Fäden herausgenommen wurden. Sie wurde wieder, obwohl sie sich wehrte, in den Korb gezwungen, und ich brachte sie im selben Taxi zurück. Vor

Angst ließ sie Wasser, und sie schrie. Der Fahrer, ein Katzenliebhaber, sagte, die Ärzte sollten eine Geburtenkontrolle für Katzen erfinden; es sei ungerecht von uns, sagte er, die Katzen ihrer wahren Natur zu berauben, nur weil es unserer Bequemlichkeit diene.

Sowie ich drinnen im Haus den Korb aufmachte, flüchtete die graue Katze, jetzt wieder ganz beweglich, hinaus auf die Gartenmauer und unter den Baum, die Augen groß und schreckensvoll. Am Abend kam sie herein, um zu fressen. Und sie schlief, nicht auf meinem Bett, sondern auf dem Sofa. Tagelang ließ sie sich nicht streicheln.

Innerhalb eines Monats nach der Operation änderte sich ihr Aussehen. Sie verlor sehr schnell ihre Schlankheit, ihre Anmut; sie wurde im ganzen derber. Die Haut um die Augen schien zu erschlaffen; sie bekam ein breiteres Gesicht. Sie war auf einmal eine plumpe, wenn auch hübsche Katze.

Was die Veränderung ihres Wesens betraf, so war das vielleicht teilweise den anderen Schicksalsschlägen zuzuschreiben, die sie gleichzeitig erlitt – der Verlust ihres Spielgefährten, der Verlust ihrer Jungen und die Ankunft der schwarzen Katze.

Jedenfalls veränderte sich ihr Charakter. Ihr Vertrauen war erschüttert. Die tyrannische Schönheit des Hauses war sie nicht mehr. Der ausgeprägte Charme, die bezaubernden Tricks von Kopf und Augen – alles dahin. Natürlich nahm sie ihre alten Kapriolen wieder auf, wälzte sich auf dem Rücken, um bewundert zu werden, zog sich unter dem Sofa hervor; aber lange Zeit geschah das alles gewissermaßen versuchsweise. Sie war nicht sicher, daß sie damit Gefallen erregen würde. Sie war lange Zeit in jeder Beziehung unsicher. Und so wurde sie bockig. Ein schriller Mißton schlich sich in ihr Wesen ein. Sie wachte eifersüchtig über ihre Rechte. Sie war hinterhältig. Man mußte sie bei Laune halten. Ihren alten Verehrern gegenüber, den Katern auf den Mauern, war sie ungnädig. Kurz, sie war eine altjüngferliche Katze geworden. Es ist schrecklich, was wir diesen Tieren antun. Aber es muß wohl sein.

Die kleine schwarze Katze war aus verschiedenen traurigen Gründen heimatlos und kam ganz zu uns. Es wäre besser gewesen, wenn sie ein Kater gewesen wäre. So aber begegneten sich die beiden Kätzinnen als Feinde und belauerten sich stundenlang.

Die graue Katze, die an der einen Seite immer noch struppig war, wollte nicht auf meinem Bett schlafen, wollte nicht fressen, wenn man ihr nicht liebevoll zuredete, war unglücklich und unsicher, doch in einem Punkt zeigte sie sich sehr entschieden: Die schwarze Katze würde nicht ihren Platz einnehmen.

Die schwarze Katze ihrerseits wußte, daß sie hier bleiben würde, und ließ sich nicht vertreiben. Sie kämpfte nicht: Die graue Katze war größer und stärker. Sie kroch in die Ecke eines Sessels, den Rücken geschützt durch die Lehne, und ließ die graue Katze keinen Moment aus den Augen.

Wenn ihre Feindin schlief, fraß und trank die schwarze Katze. Dann besichtigte sie den Garten, den sie schon an einer eleganten Leine kennengelernt hatte, prüfte ihn sorgfältig. Dann besichtigte sie das Haus, Stockwerk um Stockwerk. Mein Bett, entschied sie, war der richtige Platz für sie, worauf die graue Katze fauchend aufsprang, die schwarze Katze verjagte und ihren Platz auf meinem Bett einnahm. Die Schwarze zog daraufhin aufs Sofa.

Die Schwarze hat einen ganz anderen Charakter als die Graue. Sie ist ein standfestes, eigensinniges, bescheidenes Tier. Sie kannte keine Koketterie, bevor sie die Graue erlebte; sie stellte sich nicht in Pose, flirtete nicht, wälzte sich nicht, war nicht so lebhaft und so eitel.

Sie wußte, daß sie nicht die erste Katze im Haus war; die graue Katze herrschte. Aber als zweite Katze hatte sie ihre Rechte, auf denen sie bestand. Die beiden kämpften nie wirklich. Sie trugen regelrechte Zweikämpfe mit den Augen aus. In der Küche saßen sie einander gegenüber: grüne Augen, gelbe Augen starrten sich an. Wenn die Schwarze etwas tat, was der Grauen mißfiel, knurrte sie leise und ließ drohend die Muskeln zucken. Die Schwarze nahm von ihrem Vorhaben Abstand. Die Graue schlief auf meinem Bett; die Schwarze durfte das nicht. Die Graue durfte auf dem Tisch sitzen; aber die Schwarze nicht. Wenn Besuch kam, war die Graue zuerst an der Tür. Und die Graue fraß nur allein für sich und nur von einem frischgewaschenen Teller und nur frischzubereitete Nahrung und nur an einem anderen Platz in der Küche. Für die Schwarze genügte die alte Futterecke.

Die schwarze Katze fügte sich in allem, und zu den Menschen im Haus war sie zurückhaltend zärtlich, strich um unsere Beine, schnurrte, redete – sie ist ebenfalls eine Halbsiamesin; aber stets hatte sie ein Auge auf die Graue.

Dieses Benehmen paßte nicht zu ihrem Äußeren. Bei der Grauen stimmten Aussehen und Benehmen immer überein – ihr Äußeres hat ihren Charakter bestimmt.

Bei der Schwarzen hingegen ist es nicht so einfach. Zum Beispiel ihre Größe. Sie ist eine kleine, schlanke Katze. Wenn sie Junge hat, scheint es unglaublich, daß sie Platz für sie gehabt hat. Aber wenn man sie aufnimmt, ist sie fest, schwer; ein starkes, kompaktes kleines Tier. Sie sieht gar nicht bescheiden und zahm aus; auch nicht so mütterlich, wie sie sich später zeigte.

Sie ist elegant. Sie hat ein edles ausgeprägtes Profil wie eine Katze auf einem Grabstein. Wenn sie aufrecht sitzt, die Pfoten nebeneinander, und ins Weite starrt, oder wenn sie kauert, die Augen halb geschlossen, ist sie reglos und entrückt, zurückgezogen auf einen fernen Ort in ihrem Innern. Dann wirkt sie düster und flößt Ehrfurcht ein. Und sie ist schwarz, schwarz, schwarz. Schwarze glänzende Schnurrhaare, schwarze Wimpern, nirgends ein weißes Haar. War der Schöpfer der Grauen ein Meister des Subtilen, ein Liebhaber des Details, so sagte der Schöpfer der Schwarzen: Ich werde eine schwarze Katze erschaffen, die Quintessenz einer schwarzen Katze, eine Katze aus der Unterwelt.

Es dauerte zwei Wochen, bis diese Feindinnen die Rangordnung untereinander festgelegt hatten. Sie berührten sich nie, spielten nie miteinander, und keine leckte die andere; sie stellten ein Gleichgewicht her, indem sie sich ständig belauerten, mit wachsamer Feindseligkeit. Und das war betrüblich, wenn man sich daran erinnerte, wie die graue Katze und ihr erwachsener Sohn miteinander gespielt, sich gegenseitig geputzt und eng umschlungen geschlafen hatten. Vielleicht werden sich diese beiden mit der Zeit lieben lernen, dachten wir.

Aber dann wurde die schwarze Katze krank, und die arme graue Katze verlor ihre hart erkämpfte Stellung ganz und gar.

Ich hielt es für eine Erkältung. Ihre Verdauung war nicht in Ordnung; mehrmals mußte sie in den Garten hinaus. Sie erbrach sich öfters.

Wenn ich sie sofort zum Tierarzt gebracht hätte, wäre sie nicht so krank geworden. Sie hatte Enteritis; aber ich wußte nicht, wie schlimm das ist, und daß nur wenige Katzen diese Krankheit überstehen, am seltensten die jungen. In der zweiten Nacht ihrer Krankheit erwachte ich und sah sie in einem Winkel kauern – hustend, wie ich zuerst dachte. Aber sie würgte, weil sie erbrechen mußte, obwohl sie nichts im Magen hatte. Ihr Maul war mit weißem Schaum bedeckt, mit klebrigem Schaum, der nicht leicht wegzuwischen war. Ich wusch ihr Mäulchen. Sie kehrte in den

Winkel zurück, kauerte dort und blickte vor sich hin. Ihre Haltung hatte etwas Unheilvolles – unbeweglich, geduldig, und sie schlief nicht. Sie wartete.

Am Morgen brachte ich sie ins nahe Tierspital, jetzt von bitterer Reue getrieben, weil ich sie nicht früher hingebracht hatte. Sie sei sehr krank, hieß es, und an dem Ton erkannte ich, daß man ihr keine Chance gab. Sie war völlig ausgetrocknet und hatte hohes Fieber. Sie erhielt eine Injektion gegen das Fieber, und man sagte, sie müsse Flüssigkeit zu sich nehmen – wenn möglich. Sie wolle nicht trinken, sagte ich. Natürlich wolle sie nicht, hieß es, nach einer bestimmten Phase der Krankheit würden die Katzen nichts mehr trinken, weil sie beschlossen hätten, zu sterben. Sie verkriechen sich an einen kühlen Ort, weil die Körperhitze sie dazu treibt, kauern sich hin und warten auf den Tod.

Nachdem ich die Schwarze heimgebracht hatte, schleppte sie sich in den Garten. Es war Anfang Herbst und kalt. Sie kauerte an der kalten Gartenmauer, unter sich kalte Erde, in der gleichen geduldig ergebenen Haltung wie in der Nacht.

Ich trug sie ins Haus und legte sie auf eine Decke, nicht zu nahe bei der Heizung. Sie ging wieder in den Garten: dieselbe Stellung, dieselbe geduldige Todeserwartung.

Ich holte sie wieder und sperrte sie ein. Sie kroch zur Tür, ließ sich dort nieder, die Nase zur Tür, und wartete auf den Tod.

Ich lockte sie mit Wasser, mit Zuckerwasser, mit Fleischsäften.

Sie verweigerte nicht das Angebotene: sie war einfach darüber hinaus; Nahrung war etwas, das sie hinter sich gelassen hatte. Sie wollte nicht ins Leben zurück; sie wollte nicht.

Am folgenden Tag sagte man mir im Tierspital, sie habe immer noch sehr hohes Fieber. Es sei nicht gesunken. Und sie *müsse* trinken.

Ich brachte sie nach Hause und überlegte mir die ganze Sache. Die schwarze Katze am Leben zu erhalten, war eine zeitraubende Aufgabe. Und ich war eigentlich beschäftigt. Und sie war ja, wie die andern im Haus betonten, nur eine Katze.

Nein, sie war nicht *nur* eine Katze. Aus verschiedenen Gründen, die allesamt menschlich und ihr selbst gleichgültig waren, durfte sie nicht sterben.

Ich stellte eine scheußliche, aber gesunde Mischung aus Traubenzucker, Blut und Wasser her und kämpfte mit der schwarzen Katze.

Sie wollte das Maul nicht öffnen. Ein fieberndes Geschöpfchen, schattenleicht, das alle seine gesunde Festigkeit der Muskeln verloren hatte, hockte sie auf meinem Schoß und biß die Zähne vor dem Löffel zusammen. Es war die Stärke der Schwäche: nein, nein, nein.

Gewaltsam brach ich ihre Zähne auseinander, indem ich ihre Fangzähne als Hebel benutzte. Die Flüssigkeit rann in ihre Kehle, aber sie schluckte nicht. Ich hielt die Kiefer gespreizt, und die Flüssigkeit rann aus ihren Mundwinkeln. Aber ein bißchen mußte hinuntergelaufen sein, denn nach dem dritten, vierten, fünften Löffel nahm ich eine schwache Schluckbewegung wahr.

So ging es also. Alle halbe Stunde nahm ich das arme Geschöpf aus seinem Winkel und führte ihm zwangsweise Flüssigkeit zu. Ich befürchtete, ihren Kiefer zu verletzen, weil ich auf ihre Zähne so starken Druck ausübte. Wahrscheinlich tat ich ihr weh.

In dieser Nacht legte ich sie neben mich aufs Bett und weckte sie jede Stunde. Allerdings schlief sie nicht richtig. Sie kauerte fieberglühend mit halbgeschlossenen Augen und erwartete den Tod.

Am nächsten Tag war das Fieber noch immer nicht gesunken. Aber Tage darauf war es dann gesunken; und jetzt machte man ihr in der Klinik Glukose-Injektionen. Jeder Einstich hinterließ eine große weiche Beule. Aber das war ihr gleich.

Als sie nicht mehr fieberte, fror sie. Ich wickelte sie in ein altes Handtuch und legte sie neben die Heizung. Alle halbe Stunde gab es einen Kampf zwischen der schwarzen Katze und mir. Vielmehr einen Kampf zwischen ihrer Absicht zu sterben, und meiner Absicht, sie am Leben zu erhalten.

Nachts lag sie neben mir auf dem Bett, unter einem Handtuch, traurig, schwach, zitternd vor äußerster Erschöpfung. Wohin ich sie legte, da blieb sie; sie hatte nicht die Kraft, sich vom Fleck zu bewegen. Aber sie wollte ihr Maul nicht öffnen, um Flüssigkeit aufzunehmen. Ihre ganze verbliebene Kraft legte sie in dieses *nein.*

Zehn Tage vergingen. Jeden Tag brachte ich sie ins Tierspital. Dort werden junge Tierärzte ausgebildet, es ist eine Lehrklinik. Jeden Morgen zwischen neun und zwölf bringen die Leute aus der Umgebung ihre Hunde und Katzen hin. Wir saßen in einem großen, kahlen Wartezimmer auf Bänken, mit den unruhigen, winselnden, bellenden Patienten. Alle möglichen Freundschaften wurden durch die kranken Tiere geknüpft.

Und einige traurige Vorfälle sind mir unvergeßlich geblieben. Da war zum Beispiel eine Frau mittleren Alters mit hellblond gefärbtem Haar und verhärmtem Gesicht. Sie hatte einen wunderschönen großen Hund, dem man die gute Pflege und Ernährung ansah. Es konnte ihm nicht viel fehlen, denn er war lebhaft und bellte selbstbewußt. Die Frau trug ein dünnes Kostüm, nie einen Mantel. Es war schon kalt, und wir andern trugen leichte Wollkleider oder Pullover. Sie zitterte; sie war erschreckend mager. Es war klar, daß sie nicht genug zu essen hatte, daß sie ihr ganzes Geld und ihre Zeit dem Hund opferte. Einen Hund von dieser Größe zu füttern, kostet eine Menge Geld. Eine Katze kostet vermutlich zehn Schilling pro Woche, auch wenn sie nicht so verwöhnt ist wie unsere beiden. Diese Frau lebte nur für ihren Hund. Ich glaube, jeder spürte es. Die Leute in dieser Gegend sind vorwiegend arm: Wie sie sie betrachteten, frierend und mit dem verzärtelten Tier und ihr den Vortritt ließen, damit sie eher aus der Kälte ins Haus kam, wenn wir vor der Tür auf den Beginn der Sprechstunde warteten, zeigt deutlich, daß sie über ihre Lage Bescheid wußten und Mitleid mit ihr hatten.

Dann das andere Extrem – wenigstens scheint es so. Eine dicke Bulldogge, ein wirklich fettes Tier mit Speckwülsten, wurde von einem ungefähr zwölfjährigen dicken Jungen gebracht. Die Ärzte untersuchten das Tier und erklärten dem Jungen, ein Hund dürfe nur soundsoviel fressen und nur einmal am Tag: Ihm fehle gar nichts, er sei nur überfüttert. Und vor allem dürfe er keinen Kuchen, kein Brot und keine Süßigkeiten bekommen und … Der dicke Junge versicherte, das werde er seiner Mutter ausrichten, aber sie wolle vor allem wissen, warum der Hund so schnaufe und keuche, er sei doch erst zwei Jahre alt, und nie tolle er fröhlich herum wie andere Hunde. Geduldig setzten ihm die Ärzte auseinander, es sei ebenso schädlich, ein Tier zu überfüttern wie ihm zu wenig zu geben …

Außerordentlich geduldig waren sie; und sehr freundlich. Und rücksichtsvoll. Um die Tierhalter zu schonen, nahmen sie die erforderliche Behandlung hinter verschlossener Tür vor. Die arme Schwarze wurde für ihre Injektionen geholt, und ich mußte zwanzig Minuten oder eine halbe Stunde warten, bis sie mir wieder gebracht wurde, das Fell verklebt von der subkutanen Feuchtigkeit.

Sie hatte sich seit Tagen nicht mehr geputzt. Sie konnte sich nicht bewegen. Ihr Zustand besserte sich nicht. Wenn all meine Pflege, wenn die

Kunst der Ärzte wirkungslos blieben, nun, vielleicht sollte man sie dann doch sterben lassen, da sie selbst es wollte. Tag für Tag lag sie unter der Heizung. Ihr Fell sah schon aus wie das einer toten Katze, glanzlos und verfilzt; ihre Augen waren trüb, die Haare um ihr Maul verklebt von Traubenzucker, den ich ihr einzuflößen versuchte.

Ich dachte daran, wie es ist, wenn man krank im Bett liegt, das Gefühl der Abscheu, der Selbstekel, der zur eigentlichen Krankheit zu werden scheint. Die Haare müßten gewaschen werden; man kann den säuerlichen Geruch der Krankheit im Atem, auf der Haut riechen. Man hat das Gefühl, in einem Panzer von Krankheit zu stecken, unausweichlich. Dann kommt die Pflegerin, wäscht einem das Gesicht, bürstet einem die Haare und wechselt die schweißigen Laken.

Nein, natürlich sind Katzen keine Menschen; und Menschen keine Katzen; und dennoch konnte ich mir nicht vorstellen, daß ein so sauberes Tier wie die Schwarze nicht auch darunter litt, daß sie schmutzig war und roch.

Aber eine Katze kann man nicht waschen. Zuerst rieb ich sie mit einem dünnen Handtuch, das ich in heißes Wasser getaucht und ausgewrungen hatte; behutsam rieb ich sie von oben bis unten, um den Staub und den klebrigen Filz zu entfernen. Das dauerte ziemlich lange. Sie verhielt sich passiv; wahrscheinlich litt sie, denn ihre Haut war von den vielen Injektionen ganz zerstochen. Als sie sauber war, nicht nur das Fell, sondern auch Ohren und Augen, trocknete ich sie mit einem angewärmten Handtuch.

Und dann rieb ich sie – und ich glaube, das war entscheidend – langsam und vorsichtig mit meinen Händen, die ich zuvor in heißem Wasser gewärmt hatte. Ich bemühte mich, Leben in ihren kalten Körper zu reiben. Das machte ich eine lange Zeit, vielleicht eine halbe Stunde lang.

Dann deckte ich sie mit einem sauberen, warmen Handtuch zu. Und auf einmal erhob sie sich mühsam und steif und ging durch die Küche. Bald legte sie sich wieder hin, als der Impuls, sich zu bewegen, verebbt war. Aber sie hatte sich aus eigenem Antrieb bewegt.

Am nächsten Tag fragte ich die Ärzte, ob das Reiben die Besserung bewirkt hätte. Wahrscheinlich nicht, hieß es, ihrer Ansicht nach hatten die Injektionen geholfen. Wie dem auch sein mag, zweifellos erwachte der Lebensfunke in dem Augenblick, als sie gesäubert und abgerieben wurde. Noch weitere zehn Tage erhielt sie im Tierspital die Injektionen, wurde ihr von mir die schreckliche Mischung aus Fleischsaft, Wasser und Traubenzucker aufgezwungen, wurde sie zweimal am Tag gerieben und gebürstet.

Und während dieser ganzen Zeit wurde die arme graue Katze vernachlässigt. Die Schwarze bedurfte so sehr der Aufmerksamkeit, daß für die Graue nicht mehr viel übrigblieb. Aber die Graue ließ sich nicht mit Almosen abspeisen; vom Zweitbesten wollte sie nichts wissen. Sie zog sich einfach zurück, körperlich und seelisch, und schaute zu. Manchmal kam sie vorsichtig zur Schwarzen, die schon so gut wie tot war, schnupperte an ihr und wich zurück. Manchmal sträubte sie die Haare, wenn sie an der Schwarzen schnupperte. Ein-, zweimal, als die Schwarze in den kalten Garten hinauskroch, um zu sterben, ging die Graue ebenfalls hinaus, setzte sich ein paar Schritte entfernt und beobachtete sie. Aber sie schien nicht feindselig; sie machte keine Miene, der Schwarzen ein Leid anzutun.

Während der ganzen Zeit spielte die Graue nicht, führte keines ihrer Kunststücke auf und stellte in bezug aufs Futter keine besonderen Ansprüche. Sie wurde nicht gestreichelt, und sie schlief in einem Winkel des Schlafzimmers auf dem Fußboden, nicht wohlig zusammengerollt, sondern zusammengekauert, um das Bett zu beobachten, wo die Schwarze gepflegt wurde.

Dann erholte sich die Schwarze, und die schlimmste Zeit begann – vom menschlichen Standpunkt aus. Vielleicht auch vom Standpunkt der schwarzen Katze, die gegen ihren Willen ins Leben zurückgeholt worden war. Sie war wie ein Kätzchen, das alles erst lernen mußte, oder wie eine Greisin. Sie hatte keine Kontrolle über ihre Verdauung: hatte anscheinend vergessen, wozu die Katzenkiste da war. Sie fraß unwillig und ungeschickt und verschmierte das Futter überall. Und wo sie auch sein mochte, konnte sie plötzlich zusammenbrechen, und kauerte dann und starrte vor sich hin. Es war beängstigend: das kleine, kranke, teilnahmslose Tier immer steif sitzend, nie zusammengerollt oder ausgestreckt. Und starr blickend – sie glich einer toten Katze, mit ihrem leeren Blick. Eine Zeitlang dachte ich, sie sei verrückt geworden.

Aber es ging ihr langsam besser. Sie machte nichts mehr schmutzig. Sie fraß. Und eines Tages erinnerte sie sich, daß man zusammengerollt liegen konnte, anstatt abwartend dazuhocken. Das gelang ihr nicht sofort. Sie machte zwei oder drei Versuche, als ob ihre Muskeln nicht mehr wüßten, wie man es machte. Endlich rollte sie sich zusammen, Nase am Schwanz, und schlief. Sie war wieder eine Katze.

Aber sie hatte sich noch nicht geputzt. Ich wollte sie daran erinnern, indem ich ihre Vorderpfote nahm und damit über ihre Backe strich; aber sie ließ sie fallen. Es war noch zu früh.

Ich mußte für sechs Wochen verreisen, und die Katzen wurden einer Freundin anvertraut, die für sie sorgte.

Als ich in die Küche zurückkehrte, saß die Graue auf dem Tisch, wieder die Oberkatze. Und auf dem Fußboden lag die Schwarze, glänzend, schlank, sauber und schnurrend.

Das Machtverhältnis war wiederhergestellt. Und die Schwarze hatte vergessen, daß sie krank gewesen war. Aber nicht ganz. Ihre Muskeln haben sich nie völlig erholt. Die Hüften sind ein wenig steif: Sie kann zwar noch springen, aber nicht mehr so gut wie früher. Auf dem Rücken über dem Schwanz hat sie ein kahles Fleckchen im Fell. Und irgendwo in ihrem Kopf sitzt die Erinnerung an diese Zeit. Mehr als ein Jahr später brachte ich sie wegen einer geringfügigen Ohrenentzündung ins Tierspital. Sie hatte nichts dagegen, im Korb hingetragen zu werden. Sie hatte auch nichts gegen das Wartezimmer. Aber als sie in den Untersuchungsraum getragen wurde, begann sie zu zittern und zu geifern. Man brachte sie ins Nebenzimmer, wo sie die vielen Injektionen bekommen hatte, um ihre Ohren zu säubern, und als sie zurückgebracht wurde, war sie starr vor Schrecken, Speichel troff aus dem Maul, und sie zitterte noch stundenlang. Doch sie ist wieder eine normale Katze mit normalen Instinkten.

Vielleicht liegt es daran, daß sie dem Tode so nahe war, jedenfalls hat die schwarze Katze einen ungeheuren Appetit: Bei der schwarzen Katze sind wir Zeuge, wie das Gleichgewicht wiederhergestellt wird.

Sie frißt drei- bis viermal soviel wie die graue Katze, und wenn sie rollig ist, gebärdet sie sich wild. Die Graue war wollüstig verliebt. Die Schwarze ist besessen. Vier bis fünf Tage lang beobachten die Menschen voller Scham diese zielstrebige Macht der Natur. Die Schwarze kündigt ihr Bedürfnis nach einem Gefährten durch ein wildes Schnurren an, wälzt sich und verlangt nach Liebkosungen. Sie umschmeichelt unsere Füße, den Teppich, eine Hand. Schrill miauend läuft sie im Garten umher. Sie beklagt sich laut, daß es nicht genügt, noch nicht genügt – und dann, wenn der Geschlechtstrieb sie nicht mehr kümmert, ist sie Mutter, Tag und Nacht, hundertprozentig, ohne etwas anderes zu sehen oder zu hören.

Der Vater ihres ersten Wurfs war ein neuer Kater, ein junger Tiger. In jenem Sommer gab es eine neue Katzenbevölkerung. Die Vivisektoren oder die Katzenfellhändler hatten in unserer Gegend abermals gewütet, und sechs Katzen waren über Nacht verschwunden.

Zur Verfügung standen: der schöne Tiger; ein langhaariger schwarzweißer Kater; ein graugefleckter Kater. Sie wollte den Tiger; und sie bekam ihn. Mit Zugabe. Am Ende des zweiten Tages ihrer Rolligkeit beobachtete ich die folgende Szene.

Die Schwarze hatte sich vor einigen Stunden mit dem Tigerkater gepaart. Sie kam in die Diele gelaufen und wollte gejagt werden. Sie wälzte sich und wartete. Der Tigerkater folgte ihr, betrachtete sie, leckte sie, und als sie sich schmeichelnd wälzte, hielt er sie mit einer Pfote fest, wie um zu sagen: Nun gib einmal Ruhe. Nachsichtig, liebevoll hielt er die Lästige fest. Unter seiner Pfote zappelte sie sich frei, flitzte in den Garten hinaus und blickte zurück, um zu sehen, ob er ihr folgte. Er folgte ihr, doch ließ er sich Zeit. Im Garten wartete der schwarzweiße Kater. Unsere Katze wälzte sich vor dem Tiger, um ihn zu verführen, während er sich, anscheinend gleichgültig, das Fell leckte. Da begann sie sich vor dem Schwarzweißen zu wälzen. Der getigerte Kater ging zu den beiden hinüber und hockte sich hin und beobachtete, wie sich die Schwarze mit dem Schwarzweißen paarte. Es war eine kurze Paarung. Als sich die Schwarze von ihrem neuen Gefährten losmachte, aus reiner Koketterie, bestrafte der Tigerkater sie wegen ihrer Untreue, indem er sie ohrfeigte. Und er bestieg sie. Niemals beachtete oder bestrafte er den Schwarzweißen, der während dieser drei, vier Tage ab und zu bei der Katze Gehör fand, die dann geohrfeigt wurde, aber ohne viel Nachdruck.

Katzen haben wie Kaninchen einen doppelten Uterus. Die Schwarze bekam sechs Junge. Eins war grau, zwei waren schwarz, drei schwarzweiß; es schien also, als wäre der Gatte zweiten Grades an den Kätzchen stärker beteiligt als der bevorzugte Tiger.

Wie die Graue hält auch die Schwarze nicht viel von dem Naturgesetz, welches besagt, daß Katzen an einem dunklen, verborgenen Ort werfen sollen. Sie bekommt ihre Jungen gern in einem Zimmer, das immer benutzt wird. Damals wurde die Mansarde von einem jungen Mädchen bewohnt, das auf ein Examen hin arbeitete und darum meistens daheim war. Die Schwarze suchte sich den Ledersessel aus und warf, während die Graue zuschaute. Ein paarmal kletterte die Graue auf die Armlehne und berührte die Kätzchen mit der Pfote. Aber auf diesem Gebiet, dem Gebiet einer Mutter, ist die Schwarze selbstsicher und herrscht über die Graue, die jedesmal vertrieben wurde.

Die Jungen kamen normal und schnell zur Welt. Wie gewöhnlich erlebten wir die Aufregung, daß ein, zwei, drei, vier, fünf, sechs Kätzchen erschienen, und daß wir bei jedem hofften, es sei das letzte, denn wir wünschten so sehr, daß sie, wenn auch nur einmal, zwei, vielleicht drei Kätzchen haben würde. Wie gewöhnlich entschieden wir, daß drei genug wären, daß wir die übrigen fortschaffen würden; aber dann, wenn sie sauber waren, die Pfötchen gegen Mamas Seite stemmten und saugten, während die Mutter stolz und zufrieden schnurrte, entschieden wir, daß wir sie nicht umbringen konnten.

Im Gegensatz zur Grauen ließ sie ihre Jungen ungern allein, und sie war höchst befriedigt, wenn vier oder fünf Menschen um den Sessel standen und sie bewunderten. Wenn die Graue gähnend Ehrungen entgegennimmt, ist sie hochmütig und unverschämt. Wird der Schwarzen inmitten ihrer Jungen versichert, sie sei brav und schön, so gähnt sie beglückt, ohne Verlegenheit, das rosa Mäulchen und die rosa Zunge stechen von dem schwarzen, schwarzen Fell ab.

Als Mutter kennt die Schwarze keine Furcht. Wenn sie Junge hat und andere Katzen ins Haus eindringen, stürzt sie die Treppe hinunter und rast ihnen fauchend nach; worauf sie davonstieben und über die Mauer flüchten.

Die Graue hingegen knurrt nur, wenn eine unerwünschte Katze erscheint, droht und warnt, bis ein Mensch kommt. Erst dann, wenn sie Unterstützung hat, geht sie auf den Eindringling los – aber nie vorher. Wenn niemand kommt, wartet sie auf die Schwarze. Die Schwarze greift an; hinter ihr die Graue. Die Schwarze trabt ins Haus zurück, zielstrebig, geschäftig, eine Mission erfüllt; die graue Katze, der Feigling, bummelt zurück, hält inne, um sich zu putzen, und faucht dann trotzig hinter einem Menschenbein oder einer Tür hervor.

Wenn die Schwarze mit ihren Jungen beschäftigt ist, ist die Graue fast, aber nicht ganz wieder die alte. Sie streicht nachts um mein Bett und sucht ihren Lieblingsplatz, nicht mehr unter der Decke oder an meiner Schulter, sondern in den Kniekehlen oder an den Fußsohlen. Sie leckt mir zart das Gesicht, wirft einen kurzen Blick ins Dunkel der Nacht hinaus, nimmt Baum, Mond, Sterne, Wind zur Kenntnis, oder das Liebesspiel anderer Katzen, an dem sie keinen Anteil mehr hat, und macht es sich dann bequem. Wenn sie mich am Morgen wecken will, setzt sie sich mir auf die Brust und tätschelt mit der Pfote mein Gesicht. Oder wenn ich auf der Seite liege, hockt sie sich so hin, daß sie mir ins Gesicht sehen kann. Samtweiche Berührungen mit der Pfote. Ich öffne die Augen, sage ihr, daß ich noch nicht aufwachen mag. Ich schließe die Augen. Die Katze streichelt vorsichtig mit der Pfote meine Lider. Die Katze leckt mir die Nase. Die Katze beginnt, fünf Zentimeter von meinem Gesicht entfernt, zu schnurren. Dann, während ich mich schlafend stelle, knabbert sie behutsam an meiner Nase. Ich lache und richte mich auf. Darauf springt sie vom Bett und huscht die Treppe hinunter – im Winter, damit ihr die Haustür geöffnet wird, im Sommer, um gefüttert zu werden.

Die Schwarze kommt von oben herunter, wenn sie findet, es sei nun Zeit, aufzustehen, setzt sich auf den Fußboden und schaut mich an. Manchmal spüre ich das intensive Starren ihrer gelben Augen. Sie springt aufs Bett. Die Graue knurrt leise. Aber die Schwarze, der die Jungen Rückhalt verleihen, kennt ihre Rechte und fürchtet sich nicht. Sie überquert das Fußende des Bettes und wandert an der Wand entlang auf der anderen Seite nach oben, ohne die Graue zu beachten. Sie setzt sich, wartet. Die graue Katze und die schwarze Katze tauschen lange grüne und gelbe Blicke aus. Wenn ich noch immer nicht aufstehe, springt die Schwarze elegant über mich hinweg auf den Fußboden. Von dort schaut sie, um zu sehen, ob der Sprung mich geweckt hat. Wenn nicht, wiederholt sie ihn. Und nochmals. Die Graue ist empört über diesen Mangel an Zartgefühl und zeigt ihr, wie man vorzugehen hat: Sie setzt sich nieder, um mein Gesicht mit der Pfote zu betätscheln. Die Schwarze aber kann die Feinheit der Grauen nicht lernen; sie ist zu ungeduldig. Sie weiß nicht, wie man ein Gesicht durch Streicheln zum Lachen bringt, oder wie man zum Spaß behutsam beißt. Sie weiß nur, wenn sie oft genug über mich wegspringt, werde ich aufwachen und sie füttern, und dann kann sie zu ihren Jungen zurückkehren.

Ich habe beobachtet, wie sie sich bemüht, die Graue nachzuahmen. Wenn sich die Graue ausstreckt, um bewundert zu werden, und wir Schöne Katze, schöööőne Katze sagen, wirft sich die Schwarze genauso neben ihr nieder. Die Graue gähnt; die Schwarze gähnt. Dann zieht sich die Graue auf dem Rücken unter dem Sofa hervor; nun ist die Schwarze geschlagen, denn dieses Kunststück kann sie nicht. So geht sie davon zu ihren Kätzchen, wohin wir ihr, wie sie weiß, folgen und auch sie bewundern.

Aus der Grauen wurde eine Jägerin. Nicht etwa, weil sie Nahrung suchte. Ihre Jagd hing nie mit Futter zusammen – das heißt, nicht mit Futter als natürliche Ernährung, sondern war eher Ausdruck ihrer Gemütsbewegungen.

Einmal hatte ich vergessen, fürs Wochenende frisches Kaninchenfleisch zu kaufen, das einzige, was sie inzwischen fressen wollte. Ich hatte nur Dosenfutter. Wenn die Graue Hunger hat, setzt sie sich an ihren Futterplatz, gegenüber dem Futterplatz der Schwarzen. Sie miaut nie nach Futter. Sie sitzt vor einem nicht vorhandenen Teller und schaut mich an. Wenn ich sie nicht beachte, kommt sie zu mir und streicht mir um die Beine. Wenn ich ihr noch immer keine Beachtung schenke, springt sie in die Höhe und krallt sich an meinen Rock. Dann knabbert sie vorsichtig an meiner Wade. Schließlich, ihr letztes Wort, geht sie zum Futternapf der Schwarzen, kehrt ihm den Rücken und tut so, als scharre sie Erde darüber, womit sie sagt, daß dies, ihres Erachtens, Exkremente sind.

Aber ich hatte wirklich kein Kaninchenfleisch im Kühlschrank. Ich machte den Kühlschrank auf, während sie wartend danebensaß, dann schloß ich ihn wieder, um ihr zu sagen, daß nichts für sie darin sei, und wenn sie wirklich hungrig sei, müsse sie eben Katzenfutter aus der Büchse fressen. Sie verstand nicht und setzte sich wieder zu dem nicht vorhandenen Unterteller. Ich machte wieder den Kühlschrank auf, schloß ihn, deutete auf das Katzenfutter und ging an meine Arbeit.

Daraufhin verließ die Graue die Küche, und ein paar Minuten später kehrte sie mit zwei gebratenen Würsten zurück, die sie mir zu Füßen legte.

Böse Katze! Diebin! Unartige Katze! Wurstdiebin!

Bei jedem Wort schloß sie zustimmend die Augen, drehte sich um, scharrte nicht vorhandene Erde über die Würste und verließ wütend die Küche.

Ich ging hinauf ins Schlafzimmer, von wo man die Gärten und Hinterhöfe und Mauern überblicken kann. Die graue Katze war aus dem Haus

gekommen und durchquerte den Garten mit langen, geschmeidigen Sprüngen eines Raubtiers. Sie sprang auf die Mauer am Ende des Gartens, lief darauf entlang und verschwand. Ich konnte nicht sehen, wohin sie gegangen war.

Ich kehrte in die Küche zurück. Sie erschien wieder mit einer gebratenen Wurst, die sie neben die beiden ersten legte. Nachdem sie Erde darüber gescharrt hatte, marschierte sie aus der Küche und legte sich auf mein Bett und schlief.

Am nächsten Tag lag auf dem Küchenboden eine Kette roher Würste, und daneben saß die Graue und wartete darauf, daß ich die Bedeutung dieser Mitteilung entzifferte.

Ich dachte, sie habe den armen Schauspielern vom kleinen Theater in der Nähe das Mittagessen gestohlen. Aber nein. Vom Schlafzimmerfenster aus sah ich die Graue auf der Mauer entlangtraben, dann in die Höhe springen und in einer Hauswand verschwinden, die im rechten Winkel zur Gartenmauer verlief. Ich bemerkte, daß einige Ziegelsteine herausgebrochen waren – vermutlich aus Belüftungsgründen. Nicht leicht für eine Katze, sich durch so ein kleines Loch zu zwängen, zumal nach einem meterhohen Sprung von einer schmalen Mauerkrone; aber genau das tat sie und tut es immer noch, wenn sie mir zu verstehen geben will, daß sie nicht richtig ernährt wird.

Die arme Frau in der Küche, die ihrem Mann zum Frühstück zwei Würste gebraten hat, dreht sich um, und weg sind sie. Gespenster! Oder sie verprügelt einen unschuldigen Hund oder ein Kind. Oder sie legt ein Pfund rohe Würste auf einen Teller, um sie in der Pfanne zu braten. Sie kehrt ihnen einen Augenblick den Rücken – weg sind sie. Die graue Katze durchquert eilends unseren Garten, eine Wurstkette nachschleppend, und deponiert sie bei uns auf dem Küchenboden. Vielleicht hat dieses Verhalten seinen Ursprung bei irgendwelchen jagenden Vorfahren, die abgerichtet worden waren, für die Menschen etwas zu fangen und zu bringen; und die Erinnerung daran wird in diese beinahe menschliche Sprache umgesetzt.

In der grossen Platane am Ende des Gartens baut jedes Jahr eine Amsel ihr Nest. Jedes Jahr werden die Jungen ausgebrütet und beenden ihren ersten Sturzflug im Maul einer lauernden Katze. Die Mutter oder der Vater, die zur Rettung hinunterfliegen, werden ebenfalls geschnappt.

Das verzweifelte Piepen und Tschilpen eines gefangenen Vogels erregt das ganze Haus. Die graue Katze hat den Vogel hereingebracht, aber nur, um für ihre Geschicklichkeit bewundert zu werden, denn sie spielt mit ihm, quält ihn – und mit welcher Grazie. Die schwarze Katze hockt auf der Treppe und schaut zu. Sie hat noch nie einen Vogel gefangen. Aber drei, vier Stunden später, wenn der von der Grauen gefangene Vogel tot oder fast tot ist, nimmt die Schwarze ihn und schlenkert ihn umher, um das Spiel der Grauen nachzuahmen. Jeden Sommer rette ich Vögel vor der grauen Katze und werfe sie weit weg in die Luft oder in einen anderen Garten, das heißt, wenn sie nicht schlimm verletzt sind und sich wahrscheinlich erholen werden. Dann ist die Graue wütend, legt die Ohren zurück und funkelt mich böse an. Sie versteht nicht, nein, überhaupt nicht. Wenn sie einen Vogel hereinbringt, ist sie stolz. Er ist in Wirklichkeit ein Geschenk; das begriff ich erst in dem Sommer in Devon. Aber ich schelte sie und nehme ihr die Beute weg. Ich freue mich nicht.

Böse Katze! Tierquälerin! Mörderin! Grausame Katze! Entarteter Nachkömmling ehrlicher Raubkatzen!

Sie versprüht Zorn als Antwort auf meine zornige Stimme und läuft mit dem piepsenden Vogel aus dem Haus. Ich schließe die Hintertür und die Fenster, während die Quälerei weitergeht. Später, wenn alles ruhig ist, kommt die graue Katze zurück. Sie streicht mir nicht um die Beine, begrüßt mich nicht. Sie straft mich mit Verachtung, stolziert hinauf und

schläft sich aus. Der Vogel, eher vor Erschöpfung gestorben als durch die Zähne und Krallen der Katzen, liegt tot und steif im Garten.

Als ich den großen Baum auf Verlangen der Nachbarn zurückstutzen ließ – einigen machte er zuviel Schatten, andere ärgerten sich, weil »ständig die Blätter überall rumliegen« –, stand der Mann im Garten und beschwerte sich bitterlich. Nicht über mich, die Kundin, die ihn ja bezahlen würde; sondern über das moderne Leben, das, wie er sagte, baumfeindlich sei.

»Jeden Tag ruft man mich an«, sagte er grimmig. »Ich gehe hin. Da steht ein schöner Baum. Hundert Jahre hat er gebraucht, um zu wachsen – was sind wir im Vergleich zu einem Baum? Man sagt zu mir: Fällen Sie ihn, er schadet meinen Rosen! Rosen! Was sind Rosen im Vergleich zu einem Baum? Da muß ich einen Baum wegen Rosen fällen. Erst gestern mußte ich eine Esche schlagen und den Stamm einen Meter hoch stehenlassen. Um einen Tisch zu machen, sagte sie, einen Tisch, und der Baum braucht hundert Jahre zum Wachsen. Sie wollte an einem Tisch sitzen und Tee trinken und die Rosen anschauen. Keine Bäume mehr heutzutage, die Bäume gehen dahin. Und wenn man gute Arbeit leistet, sind sie nicht zufrieden, o nein, kurz und klein soll alles gehackt werden. Und die Vögel? Wußten Sie, daß da oben ein Nest war?«

»Ich habe Katzen«, antwortete ich. »Ich wäre froh, wenn die Vögel woanders nisten würden.«

»Ja, ja, das bekomme ich oft zu hören – die Katzen«, sagte er. »Alle wollen ihre Bäume gefällt haben, und überall sind Katzen. Was bleibt den Vögeln? Ich sage Ihnen, ich gebe meinen Beruf auf, niemand hat heutzutage noch Verwendung für einen ehrlichen Handwerker. Schauen Sie sich nur diese Katzen an, schauen Sie sie doch an!«

Für den Mann bildeten Bäume und Vögel eine Einheit, eine heilige Einheit, mit mehr Existenzrechten, vermute ich, als Menschen, wenn es nach ihm ginge. Was Katzen anbelangte, so hätte er sie allesamt vernichtet.

Er schnitt den Baum zurück, zerhackte ihn keineswegs, und im folgenden Frühjahr baute eine Amsel dort ihr Nest, und die jungen Vögel flatterten wie gewöhnlich hinunter. Einer flog geradewegs in das rückwärtige

Mansardenfenster, ins Gästezimmer. Und hier verbrachte er einen Tag; ganz zutraulich saß er auf einem Stuhl und sah mich aus einem halben Meter Entfernung an, beinahe Aug in Auge. Er hatte keine Angst vor Menschen – noch nicht. Ich sorgte dafür, daß die Tür geschlossen blieb, während die graue Katze draußen umherschlich. Am späten Sommerabend, als die Vögel schon schwiegen und schliefen, flog der kleine Vogel vom Fenster aus direkt zum Baum zurück, ohne dem Boden zu nahe zu kommen. So kam er vielleicht mit dem Leben davon.

Das erinnert mich an eine Geschichte, die mir eine Frau erzählt hat, die im obersten Geschoß eines siebenstöckigen Pariser Wohnhauses nahe der Place Contrescarpe lebt. Sie reist gern mit wenig Gepäck, weil sie keine

Verpflichtungen hat, und kann jederzeit ihre Zelte abbrechen. Ihr Mann ist Matrose. Eines schönen Nachmittags flog ein Vogel aus den Baumwipfeln zu ihr herein und machte keine Anstalten, das Zimmer wieder zu verlassen. Sie ist sehr sauber, die letzte, die Vogeldreck dulden würde. Aber »irgend etwas überwältigte sie«. Sie legte Zeitungen aus und erlaubte dem Vogel sich einzugewöhnen. Der Vogel zog nicht wie gewöhnlich in den Süden, als der Winter kam; und plötzlich merkte meine Freundin, daß sie eine Verantwortung hatte. Wenn sie den Vogel jetzt aussperrte, ins winterliche Paris, würde er sterben. Sie mußte für einige Wochen verreisen. Sie konnte den Vogel nicht zurücklassen. Also kaufte sie einen Vogelkäfig und nahm ihn mit.

Und dann sah sie sich selbst: »Stellen Sie sich vor, da kam ich – ich! – in einem Provinzhotel an mit einem Köfferchen in der einen Hand und einem Vogelkäfig in der anderen! Ich! Aber was sollte ich machen? Ich hielt den Vogel in meinem Zimmer, und deswegen mußte ich mich mit der Hotelbesitzerin und den Mädchen gut stellen. Ich war eine gütige Seele geworden, du lieber Gott! Alte Damen sprachen mich auf der Treppe an. Junge Mädchen schütteten mir ihr Herz aus. Ich kehrte sofort nach Paris zurück und war wütend, bis es Frühling wurde. Dann warf ich den Vogel mit einer Verwünschung zum Fenster hinaus, und seither mache ich kein Fenster mehr auf. Ich *mag* einfach nicht geliebt werden, und damit basta!«

115

Die schwarze Katze wurde wieder trächtig, als der erste Wurf gerade zehn Tage alt war. Das fand ich unökonomisch, aber der Tierarzt sagte, es sei normal. Das schwächste Kätzchen dieses Wurfs – aus irgendeinem Grunde haben die schwächsten immer den nettesten Charakter, vielleicht weil sie durch Charme wettmachen müssen, was die anderen an Kraft voraushaben – kam in eine Wohnung voller Studenten. Es saß am Fenster des dritten Stockwerks auf einer Schulter, als hinter ihm im Zimmer ein Hund bellte. Erschrocken sprang es geradewegs zum Fenster hinaus. Alle rannten hinunter, um das tote Kätzchen vom Pflaster aufzuheben. Aber da saß das Kätzchen und putzte sich. Es war vollkommen unversehrt.

Die schwarze Katze, die vorübergehend keine Jungen hatte, kam herunter, um das normale Leben wieder aufzunehmen. Wahrscheinlich hatte die Graue angenommen, daß die Schwarze ewig oben bleiben würde, um sich Mutterpflichten zu widmen. Und folglich glaubte sie, das Feld für sich allein zu haben. Sie begriff, daß dem nicht so war; sie konnte jederzeit bedroht werden. Wieder wurde der Kampf um den Vorrang geführt, und diesmal war er unerfreulich. Die Schwarze hatte ihre Jungen gehabt, war selbstsicherer geworden und ließ sich nicht so leicht einschüchtern. Zum Beispiel wollte sie nicht auf dem Fußboden oder auf dem Sofa schlafen.

Die Frage wurde folgendermaßen gelöst: Die Graue schlief am Kopfende des Bettes, die Schwarze am Fußende. Aber die Graue konnte mich wecken. Diese Vorstellung gab sie jetzt nur noch für die Schwarze: das Necken und Lecken, Bepfoten und Schnurren galt nicht mir, sondern der Rivalin:

Da schau, schau mir nur zu. Und die Ziererei mit dem Futter: Schau her, schau nur her. Und die Vögel: Schau nur, was ich kann, das du nicht kannst. Ich glaube, während dieser Wochen waren die Menschen für die Katzen einfach nicht vorhanden. Sie waren völlig auf sich konzentriert wie rivalisierende Kinder, für die Erwachsene bestechliche Manövrierobjekte sind, völlig außerhalb ihrer Besessenheit, in der sich die Kinder nur gegenseitig wahrnehmen. Die ganze Welt verengt sich auf den andern, der überlistet und geschlagen werden muß. Eine begrenzte, grelle, heiße und schreckliche Welt, wie ein Fieber.

Die Katzen verloren ihren Charme. Sie taten das gleiche wie früher, benahmen sich genauso. Aber der Zauber war dahin.

Was ist Charme eigentlich? Das freigiebige Verschenken einer Anmut, das Verausgaben von etwas, das die Natur in ihrer Rolle als Verschwenderin verliehen hat. Aber dabei ist auch etwas Beunruhigendes, etwas Unerträgliches, ein nagendes Gefühl einer Ungerechtigkeit. Weil manchen Geschöpfen so viel mehr verliehen worden ist als anderen, müssen sie es deshalb zurückgeben? Charme ist etwas Besonderes, etwas Überflüssiges, Unnötiges, eigentlich eine Macht, die weggeworfen, verschenkt wird. Wenn sich die graue Katze in einem warmen Sonnenfleck wohlig, genießerisch zufrieden auf den Rücken rollt – das ist herzgewinnender Charme. Wenn sich die graue Katze mit genau gleichen Bewegungen rollt, aber dabei die geschlitzten Augen auf die schwarze Katze richtet, ist es häßlich, und sogar die Bewegung selbst hat etwas Hartes, Abruptes. Und die schwarze Katze, die zuschaut oder etwas nachahmt, das ihr von Natur nicht gegeben ist, zeigt dabei einen Neid, eine Verschlagenheit, als stehle sie etwas, das ihr nicht gehört. Wenn die Natur die graue Katze verschwenderisch mit Intelligenz und Schönheit bedacht hat, dann sollte die graue Katze diese Gaben ebenso freigiebig verschwenden.

Wie die schwarze Katze ihre Mütterlichkeit verschwendet. Wenn sie bei ihren Kätzchen ruht, die eine zierliche jetschwarze Pfote schützend und tyrannisch über sie ausstreckt, dann ist sie großartig, freigiebig – und ganz selbstverständlich selbstsicher. Derweil sitzt die arme Graue, ihres Geschlechts beraubt, auf der anderen Seite des Zimmers, jetzt ihrerseits neidisch und grollend, und alles an ihr, der Körper, das Gesicht, die zurückgelegten Ohren, sagt: Ich hasse sie, hasse sie.

Kurz, während einiger Wochen waren sie für die Menschen im Hause keine Freude und gewiß sich selbst auch nicht.

Aber alles änderte sich plötzlich, weil wir aufs Land gingen, wo beide noch nie gewesen waren.

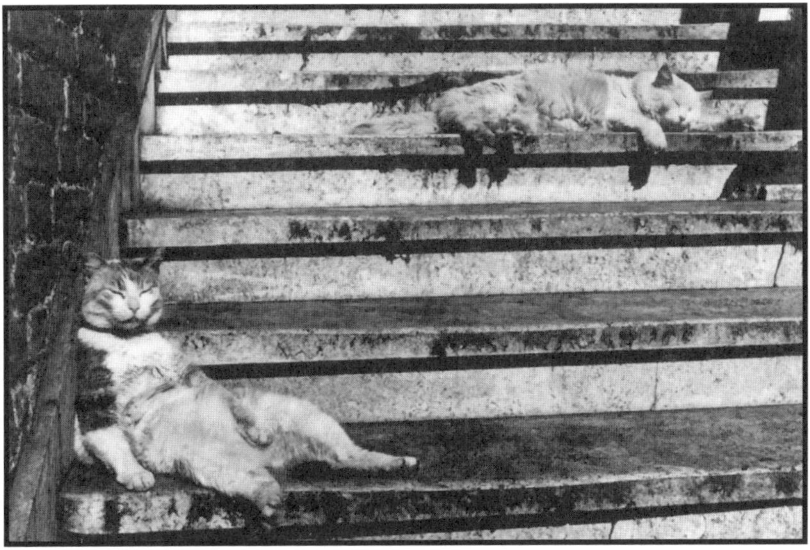

Für beide war der Katzenkorb mit Erinnerungen an Schmerzen und Ängste verbunden; deswegen nahm ich an, daß sie ungern darin reisen würden.

Sie wurden frei in den Fond des Wagens gesetzt. Die Graue sprang sofort nach vorn und auf meinen Schoß. Sie war unglücklich. Während der ganzen Fahrt durch London saß sie zitternd und miauend da, endlose, schrille Klage, die uns alle schier wahnsinnig machte. Die Schwarze beschwerte sich leise und betrübt und gab damit ihrem inneren Unbehagen Ausdruck, nicht dem, was rings um sie vorging. Die Graue schrie jedesmal, wenn ein Personenauto oder ein Lastwagen im Fenstviereck erschien. Also setzte ich sie auf den Boden zu meinen Füßen, wo sie den Verkehr nicht sehen konnte. Das paßte ihr nicht. Sie wollte die Ursache der erschreckenden Geräusche sehen. Gleichzeitig war es ihr zuwider, sie zu sehen. Sie saß zusammengeduckt auf meinen Knien, hob den Kopf, wenn sich ein Geräusch verstärkte, sah das schwarze, vibrierende Maschinenungetüm vorbeifahren oder zurückbleiben – und miaute. Wenn man den Verkehr durch eine Katze erlebt, erkennt man, was wir alle jedesmal verdrängen, wenn wir ins Auto steigen. Wir hören gar nicht den schauerlichen Lärm – das Knattern, Kreischen und Quietschen. Hörten wir es, würden wir ebenso verrückt werden wie die graue Katze.

Wir ertrugen es nicht mehr und hielten deshalb an, um die Graue in einen Korb zu setzen. Sie wurde wahnsinnig, hysterisch vor Angst. Wir ließen sie wieder frei und versuchten es mit der Schwarzen. Sie war sehr froh, in dem Korb mit dem geschlossenen Deckel zu sein. Während der weiteren Fahrt kauerte die Schwarze im Korb und streckte ihre schwarze Nase durch ein Loch an der Seite. Wir streichelten das Näschen und erkundigten uns nach ihrem Befinden; und sie antwortete mit leiser, trauriger Stimme, aber sie schien nicht weiter aufgeregt zu sein. Vielleicht hing ihre Gelassenheit damit zusammen, daß sie wieder trächtig war.

Währenddessen beklagte sich die Graue. Die graue Katze miaute auf der ganzen Fahrt nach Devon. Schließlich verkroch sie sich unter dem Vordersitz, aber das sinnlose Miauen ging weiter, und alles beschwichtigende oder tröstende Zureden blieb wirkungslos. Bald hörten wir es nicht mehr, so wie wir den Verkehr auch nicht hörten.

Wir übernachteten in einem Dorf bei Freunden. Beide Katzen wurden in ein großes Zimmer gesperrt, bekamen eine Katzenkiste und Futter. Wir konnten sie nicht frei herumlaufen lassen, weil es im Haus Katzen gab. Die Graue vergaß alle Schrecken, weil sie die Schwarze übertrumpfen-

mußte. Sie benutzte die Kiste als erste; fraß zuerst; und sprang auf das einzige Bett. Dort saß sie und verwehrte der Schwarzen den Platz. Die Schwarze fraß, benutzte die Kiste, setzte sich auf den Fußboden und blickte zur Grauen hinauf. Als die Graue später vom Bett stieg, um zu fressen, sprang die Schwarze hinauf und wurde sofort verjagt.

So verbrachten sie die Nacht. Jedenfalls saß die Schwarze auf dem Fußboden, als ich aufwachte, und starrte zu der Grauen hinauf, die wachsam am Fußende des Bettes saß und flammende Blicke hinunterschoß.

Wir zogen in ein Haus im Hochmoor. Es ist ein altes Haus, das seit einiger Zeit leergestanden hat. Es gab nur wenige Möbel. Aber es hatte einen riesigen Kamin. Unsere Katzen hatten noch nie offenes Feuer gesehen. Als die Scheite loderten, schrie die Graue vor Entsetzen, flüchtete treppauf und verkroch sich unter einem Bett, wo sie blieb.

Die Schwarze strich im Wohnzimmer umher, entdeckte den einzigen Lehnstuhl und beschlagnahmte ihn. Das Feuer fesselte sie; sie fürchtete sich nicht, solange sie ihm nicht zu nahe kam.

Aber sie hatte Angst vor der Umgebung – den Feldern, dem Gras, den Bäumen, hier nicht in ordentliche Rechtecke aufgeteilt, sondern weiträumig und nur von niedrigen Steinmauern durchschnitten.

Beide Katzen mußten ein paar Tage lang förmlich aus dem Haus gejagt werden, um ihr Geschäft zu erledigen. Dann begriffen sie und gingen von allein hinaus – allerdings nur kurz; zuerst nur bis zu einer bewachsenen

Steinmauer. Dann zu einer Wiese, die von Mauern umgeben war. Und von dort kehrte die Graue beim ersten Besuch nicht sofort zurück. Es standen dort hohe Nesseln, Disteln, Fingerhut; es wimmelte von Vögeln und Mäusen. Die Graue kauerte am Rande dieser kleinen Wildnis, Schnurrhaare, Ohren, Schwanz in Bewegung – lauschend und erkundend. Aber sie war noch nicht bereit, sich ihrer eigenen Natur zu überlassen. Ein Vogel, der plötzlich auf einem Zweig landete, genügte, daß sie ins Haus zurücksauste und unter dem Bett verschwand. Wo sie einige Tage blieb. Wenn aber ein Wagen mit Besuchern kam oder Lieferanten für Brennholz, Brot, Milch, schien sie sich im Hause eingesperrt zu fühlen, und sie rannte hinaus in die Felder, wo sie sich sicherer fühlte. Kurz, sie war verwirrt; sie war aus dem Gleichgewicht; ihre Instinkte waren sinnlos. Sie fraß auch nicht; es ist unglaublich, wie lange eine Katze mit ein bißchen Milch oder Wasser auskommen kann, wenn sie die vorgesetzte Nahrung ablehnt, verängstigt oder krank ist.

Wir befürchteten, sie würde weglaufen – vielleicht versuchen, nach London zurückzukehren.

Als ich sechs oder sieben Jahre alt war, saß eines Abends ein Mann im strohüberdachten, lampenerhellten Raum unserer Farm und streichelte eine Katze. Ich erinnere mich, wie er das Tier streichelte und mit ihm sprach; der Lichtkreis der Lampe machte aus ihnen, dem Mann und der Katze, ein Bild, das ich noch jetzt vor mir sehe. Und wieder fühle ich, was ich damals so stark empfand, Unruhe, Unbehagen. Ich stand neben meinem Vater, und ich fühlte mit ihm. Aber was eigentlich ging vor? Ich krame in meinem Gedächtnis, versuche es zu überrumpeln und zur Arbeit anzuregen, indem ich den warmen Schimmer auf weichem grauem Fell heraufbeschwöre und wieder seine zu gefühlvolle Stimme höre. Aber nichts kehrt zurück außer Unbehagen, der Wunsch, daß er gehen solle. Irgend etwas war ganz und gar nicht in Ordnung. Auf jeden Fall, er wollte die Katze haben. Er war Holzfäller; er schlug Bäume in der Nähe der zwanzig Meilen entfernten Berge. An den Wochenenden kehrte er nach Salisbury zu Frau und Kindern zurück. Nun muß man fragen: Was wollte er mit einer Katze in einem Holzfällerlager? Warum eine ausgewachsene Katze und kein Kätzchen, das lernen würde, sich bei ihm heimisch zu fühlen oder wenigstens im Lager? Warum diese Katze? Warum waren wir bereit, uns von einer ausgewachsenen Katze zu trennen, was immer gewagt ist, und sie einem Mann zu überlassen, der nur vorübergehend im Lager war, denn zu Beginn der Regenzeit würde er in die Stadt zurückkehren? Warum? Die Antwort darauf liegt natürlich in der Spannung, der Disharmonie in dem Zimmer an jenem Abend.

Wir fuhren mit der Katze zum Holzfällerlager.

Hoch zwischen den Vorbergen einer Gebirgskette eine parkähnliche Landschaft mit großen, stillen Bäumen. Tief zwischen den Bäumen ein Nest weißer Zelte auf einer Lichtung. Die Zikaden schrillten. Es war Ende

September oder Oktober, denn bald kam der Regen. Sehr heiß, sehr trocken. Weiter entfernt zwischen den Bäumen das Kreischen der Säge, stetig, eintönig wie die Zikaden. Dann übertriebene Stille, als es aussetzte. Das Krachen, als wieder ein Baum fiel, und ein starker Geruch nach warmem Laub und Gras, befreit von den herabstürzenden Ästen.

Wir übernachteten dort an dem heißen, stillen Ort. Die Katze blieb zurück. Kein Telephon im Lager; aber der Mann rief am nächsten Wochenende an, um zu sagen, daß die Katze verschwunden sei. Es tat ihm leid; er hatte ihr Butter an die Pfoten geschmiert, wie meine Mutter ihm geraten hatte; aber es gab keine Möglichkeit, sie einzusperren, denn in einem Zelt konnte man eine Katze nicht einsperren; und sie war fortgelaufen.

Zwei Wochen später, an einem heißen Spätvormittag, kroch die Katze aus dem Busch zum Haus. Sie war eine geschmeidige, glatte, graue Katze gewesen. Jetzt war sie mager, das Fell war struppig, die Augen wild und angsterfüllt. Sie lief zu meiner Mutter, kauerte sich vor ihr nieder und blickte sie an, um sich zu vergewissern, daß wenigstens diese Person in einer erschreckenden Welt unverändert geblieben war. Dann sprang sie auf ihre Arme, schnurrte und maunzte vor Glück, wieder daheim zu sein.

Nun, das waren zwanzig Meilen, vielleicht fünfzehn, wenn ein Vogel flog, aber nicht, wie eine Katze es laufen würde. Die Katze schlüpfte aus dem Lager und richtete die Nase in die Richtung, die ihr der Instinkt eingab. Es gab keine Straße, die sie benutzen konnte. Zwischen unserer Farm und dem Holzfällerlager gab es ein zufälliges Muster von Wegen, alles Feldwege, und der Weg zum Holzfällerlager war vier oder fünf Meilen weit nur eine Wagenspur durch dürres Gras. Unwahrscheinlich, daß sie der Spur unseres Wagens folgen konnte. Sie muß querfeldein gelaufen sein, verlassenes, unbewohntes Feld, wo es für sie viele Mäuse, Ratten und Vögel zu fressen gab, aber eben auch Katzenfeinde wie Leoparden, Schlangen, Raubvögel. Vermutlich bewegte sie sich nachts. Zwei Flüsse mußte sie überqueren. Es waren keine breiten Flüsse gegen Ende der Trockenzeit. An manchen Stellen gab es Steine; oder vielleicht erkundete sie die Böschungen, bis sie eine Stelle fand, wo sich Äste von beiden Ufern über dem Wasser trafen, und überquerte den Fluß durch die Bäume. Sie könnte auch geschwommen sein. Ich habe gehört, daß Katzen dazu imstande sind; selbst gesehen habe ich es nie.

Während dieser zwei Wochen brach die Regenzeit los. Beide Flüsse schwellen plötzlich und unerwartet an. Zehn, fünfzehn, zwanzig Meilen flußauf geht ein Unwetter nieder. Das Wasser staut sich auf und wälzt sich in einer Woge, die einen halben Meter, aber auch fünf Meter hoch sein kann, flußabwärts. Es hätte leicht sein können, daß die Katze am Ufer saß und nach einer Möglichkeit, den Fluß zu überqueren, suchte, als die erste Woge kam. Aber sie hatte bei beiden Flüssen Glück. Sie war zwar naß geworden; ihr Fell war naß geworden und war dann getrocknet. Nach dem zweiten Fluß lagen noch weitere zehn Meilen leeres Feld vor ihr. Sie muß blindlings gelaufen sein, entschlossen, hungrig, verzweifelt, nichts wissend, außer daß sie weiter mußte und daß sie die rechte Richtung eingeschlagen hatte.

Die Graue lief nicht fort, mochte sie auch daran denken, wenn Fremde uns besuchten und sie sich in den Wiesen versteckte. Was die Schwarze anbelangt, so machte sie es sich in dem Lehnstuhl bequem und blieb dort.

Für uns war es eine Zeit angestrengter Arbeit; Wände anstreichen, Fußboden säubern, große Unkrautflächen – viele Brennesseln – roden.

Wir aßen nur aus Notwendigkeit, denn zum Kochen blieb nicht viel Zeit. Und die Schwarze aß mit uns, höchst vergnügt, weil die Graue wegen ihrer Furchtsamkeit als Rivalin ausgeschaltet war. Jetzt strich uns die Schwarze um die Beine, wenn wir hereinkamen; schnurrte und wurde gestreichelt. Sie saß auf dem Lehnstuhl, beobachtete uns, wie wir mit schweren Stiefeln herein und hinaus stapften, und betrachtete das Feuer, die roten Flammen, die flüchtigen Geschöpfe, die sie bald – nicht sofort, denn es dauerte eine Weile – überzeugten, daß Kamin und eine Katze zusammengehören, was wir als selbstverständlich empfinden.

Bald wurde sie mutig genug, nahe ans Feuer heranzugehen und sich davor niederzulassen. Sie kletterte auf den Stapel Holzscheite in der Ecke und sprang von dort in den alten Backofen, der sich, wie sie fand, besser für Kätzchen eignen würde als der Lehnstuhl. Aber irgend jemand dachte nicht mehr daran, und die Ofentür wurde geschlossen. Und dann, mitten in einer windigen Nacht, ertönte das Jammergeschrei, mit dem die Schwarze Hilflosigkeit angesichts des Schicksals verkündet. Eine solche Klage der Schwarzen läßt sich nicht überhören: Es ist ernst, denn im Gegensatz zur Grauen beklagt sie sich nie ohne guten Grund. Wir rannten hinunter. Das traurige Miauen kam aus der Wand. Die Schwarze war im Backofen eingesperrt. Keine Gefahr; aber sie war erschrocken; und sie kehrte zur Ebene von Fußboden und Lehnstuhl zurück, wo das Leben erprobt und sicher war.

Als sich die Graue endlich entschloß, ihre Zuflucht unter dem Bett zu verlassen und herunterzukommen, war die Schwarze Königin des Hauses.

Die Graue gab sich alle Mühe, sie mit Blicken zu verunsichern; sie vom Lehnstuhl zu verscheuchen und vom Feuer zu verjagen, indem sie die Muskeln drohend spannte und jähe zornige Bewegungen vollführte. Die Schwarze beachtete sie nicht. Die Graue wollte die Spielchen um die Vorherrschaft am Futternapf wieder aufnehmen. Aber sie hatte kein Glück; wir waren so beschäftigt, daß wir nicht mit ihr spielen konnten.

Da saß die schwarze Katze zufrieden vor dem Feuer, und da saß die graue Katze in angemessener Entfernung – ausgeschlossen.

Die Graue hockte auf dem Fensterbrett und miaute trotzig die tanzenden Flammen an. Sie kam näher – das Feuer tat ihr nicht weh. Und daneben saß die Schwarze, nicht weiter als die Schnurrhaarlänge entfernt. Die Graue kam noch näher, setzte sich auf den Kaminvorleger und schaute mit zurückgelegten Ohren und zuckendem Schwanz den Flammen zu. Allmählich begriff auch sie wieder, daß Feuer hinter Gitter wohltuend war. Sie legte sich hin, wälzte sich vor dem Feuer und kehrte ihren hellen Bauch der Wärme zu, wie sie es in der Sonne einer Londoner Wohnung tun würde. Sie hatte sich mit dem Feuer ausgesöhnt. Aber nicht mit der Tatsache, daß die Schwarze die Vorherrschaft an sich gerissen hatte.

Ich war einige Tage allein im Haus. Plötzlich war keine schwarze Katze mehr da. Die Graue ruhte im Lehnstuhl, die Graue saß vor dem Feuer. Die Schwarze war nirgends im Haus. Die Graue schnurrte und leckte und beknabberte mich; die Graue sagte immerzu, wie schön es sei, allein zu sein, wie schön, daß es keine schwarze Katze gebe.

Ich machte mich auf die Suche nach der schwarzen Katze und fand sie draußen auf einer Wiese, wo sie sich versteckte. Sie miaute kläglich, und ich brachte sie ins Haus zurück, wo sie vor der Grauen entsetzt davonlief. Die Graue bekam von mir eine Tracht Prügel.

Wenn ich das Haus verließ, um Einkäufe zu machen oder im Hochmoor spazieren zu gehen, folgte mir die Schwarze miauend zum

Wagen. Sie wollte nicht etwa mitfahren; sie wollte nicht, daß ich überhaupt wegging. Bei der Abfahrt fiel mir auf, daß sie auf eine Mauer oder einen Baum kletterte, immer den Rücken in Deckung, und bis zu meiner Rückkehr dort blieb. Die Graue versohlte sie, während ich fort war. Die Schwarze war inzwischen hochträchtig, und dieser Wurf folgte dem ersten zu rasch. Die Graue war viel stärker als sie. Diesmal wurde die Graue tüchtig verprügelt; und ich sagte ihr meine Meinung. Sie verstand recht gut. Von nun an sperrte ich die Schwarze im Haus ein, wenn ich wegfuhr, und schloß die Graue aus. Die Graue schmollte. Die Schwarze war zwar besiegt, aber da wir sie unterstützten, eignete sie sich wieder den Lehnstuhl an und erlaubte der Grauen nicht, auch nur in die Nähe zu kommen.

Deshalb ging die Graue in den Garten, der jetzt ein halber Morgen weites Stoppelfeld war. Sie fing ein paar Mäuse, brachte sie herein und legte sie mitten ins Zimmer. Wir freuten uns nicht darüber und warfen die Mäuse hinaus. Die Graue zog sich vom Haus zurück und verbrachte ihre Tage im Freien.

Folgt man einem schmalen Weg zwischen Steinmäuerchen, so gelangt man zu einem kleinen Einschnitt, und auf dem Grund – nachdem wir das schulterhohe Gras gemäht hatten, entdeckte man es – hatte sich ein stiller glatter Weiher gebildet. Über den Weiher neigt sich ein großer Baum; ringsherum Gras, dann Unterholz und Gebüsch.

Ein Stein liegt am Rande des Weihers. Die graue Katze setzte sich darauf und betrachtete das Wasser. Ob es gefährlich war? Eine Wasseroberfläche war ihr ebenso neu wie das Feuer. Ein Windstoß kräuselte das Wasser, so daß es gegen den Stein spülte und ihre Pfoten naß machte. Sie stieß einen Jammerschrei aus und raste zurück zum Haus. Hier setzte sie sich vor die Tür und blickte ohrenzuckend den Pfad zum Weiher hinunter. Langsam ging sie wieder zurück – nicht etwa sofort: Niemals hätte die graue Katze zugegeben, daß sie sich irren könnte. Zuerst setzte sie sich in Positur, leckte und putzte sich sorgfältig, um ihre Gleichgültigkeit zu zeigen. Dann machte sie einen Umweg zum Weiher, durch den großen Garten und über eine felsige Böschung. Der Stein war immer noch da, am Rand des Wassers. Das Wasser, leicht gekräuselt, war da. Und darüber der tiefhängende Baum. Wie eine alte Dame trippelte die Katze mißbilligend durch feuchtes Gras. Sie setzte sich auf den Stein und betrachtete das Wasser. Die Zweige über ihr schaukelten im Wind; und wieder benetzte das Wasser ihre Pfoten. Sie zog sie zurück und saß nun gespannt und reglos. Sie blickte zu dem Baum hinauf, der vom Wind bewegt wurde – das kannte sie. Sie betrachtete nachdenklich das Wasser, das sich bewegte. Dann tat sie etwas, das ich sie habe mit dem Futter tun sehen. Wenn der grauen oder der schwarzen Katze unbekanntes Futter vorgesetzt wird, strecken sie eine Pfote aus und berühren es. Sie betasten es, heben die Pfote zum Maul und schnuppern zuerst daran, dann lecken sie an dem ungewohnten Futter. Die Graue streckte eine Pfote aus, berührte das Wasser aber nicht. Sie zog die Pfote zurück. Fast wäre sie jetzt weggelaufen; ihre Muskeln spannten sich zur instinktiven Fluchtbewegung, aber sie besann sich eines anderen. Sie streckte den Kopf hinunter und leckte an dem Wasser. Es sagte ihr jedoch nicht zu. Es schmeckte nicht wie das Wasser aus dem Glas auf meinem Nachttisch, das sie während der Nacht trinkt; auch nicht wie die Tropfen, die aus einem Wasserhahn tropfen und die sie mit schiefgehaltenem Kopf auffängt. Sie steckte eine Pfote ganz ins Wasser, ließ sie dort ein Weilchen, zog sie heraus und leckte daran. Jawohl, Wasser. Etwas, das sie kannte, wenn auch anders.

Die graue Katze kauerte auf dem Stein, das Gesicht über dem Wasser, und betrachtete ihr Spiegelbild. Daran war nichts Absonderliches: Spiegel kannte sie. Aber Kräuselwellen gingen hin und her, und ihr Spiegelbild verzerrte sich. Sie legte eine Pfote auf ihr Bild im Wasser, aber ganz anders als bei einem Spiegel drang ihre Pfote in das Naß ein. Offensichtlich verärgert richtete sie sich auf. Da ihr das alles zuviel wurde, stakste sie geziert durchs feuchte Gras zurück zum Haus. Nachdem sie der Schwarzen mit den Augen gesagt hatte, wie sehr sie sie haßte, setzte sie sich vor das Feuer, Rücken zur Schwarzen, die sie vom Lehnstuhl aus beobachtete.

Die Graue kehrte wieder zum Weiher zurück, zu dem Stein. Während sie dort saß, bemerkte sie, daß der Baum ein Lieblingsplatz der Vögel war, die in dem Augenblick, wo sie den Platz verließ, zum Wasser flogen, tranken, sich darin tummelten, darüber hin und her flitzten. Nun besuchte die Graue den Weiher wegen der Vögel. Aber sie fing dort nie einen Vogel. Ich glaube, sie fing überhaupt keinen Vogel in dieser Gegend. Vielleicht weil es hier so viele Katzen gab und die Vögel sie kannten?

Wenn ich nachts die Wege entlang fahre, fällt das Licht der Scheinwerfer ständig auf Katzen; Katzen auf Mäusejagd in den Hecken; Katzen, die gerade außer Reichweite der Räder dahinhuschen; Katzen auf Gartentoren; Katzen auf Mauern.

Während der ersten Woche kamen mehrere Katzen, um zu sehen, wer die neuen Bewohner dieses Hauses waren, das abseits der Straße, abseits von den anderen Häusern, wohlverborgen hinter Bäumen und Mauern einen Zufluchtsort bildete; und was für neue Katzen vielleicht gekommen waren.

Mitten in der Nacht sah ich einen rötlichen Schwanz zum offenen Fenster hinaus verschwinden. Eine Katze, dachte ich und schlief weiter. Doch am folgenden Tag erzählte man mir im Laden, Füchse vom Dartmoor würden den Katzen nachstellen. Alle möglichen häßlichen Geschichten von Füchsen und Katzen. Aber auf dem Land kann man Katzen nicht einsperren; und in einer Gegend voller Katzen erscheint es nicht sehr wahrscheinlich, daß eine Bedrohung durch Füchse oder durch irgend etwas sonst da sein soll.

Es stellte sich heraus, daß der rote Schwanz einem schönen rötlichbraunen Kater gehörte, der von der grauen Katze verjagt wurde, da sie jetzt das Haus als ihr Eigentum betrachtete. Bald verscheuchte sie alle Besucher vom hundert Meter entfernten Gartentor. Das Haus und die Felder ringsum waren jetzt ihr Territorium; und wir trafen sie manchmal in dem hohen Gras der kleinen Wiese oberhalb des Hauses, wo sie sich sonnte, oder auf der darunterliegenden großen Wiese, wo sie den Vögeln auflauerte, die zu den morastigen Stellen zur Tränke kamen.

Dann – eine Invasion. Der Zaun auf der einen Seite war kaputt, und als ich eines Morgens hinunterging, um Feuer zu machen, fand ich beide Katzen auf dem Fensterbrett, vorübergehend verbündet, weil draußen vor dem Fenster große, fremd riechende Tiere, die sie noch nie gesehen hatten, schwerfällig und stampfend und brüllend vorbeizogen. Die Schwarze stieß ihre traurige, hohle Klage aus: Das ist zuviel, was soll das heißen? Damit werde ich nicht fertig, bitte hilf. Die Graue schrie ihre Feindschaft vom sicheren Fensterbrett aus. Die Rinder waren von den Nachbarfeldern durch die Umzäunung eingedrungen und zogen am Haus vorbei zum Weiher hinunter und zu der großen Wiese, die jetzt, wie sie offenbar wußten, eine gute Weide war. Erst viel später am Tag bekam ich Hilfe, um das Vieh zu vertreiben; der Bauer erschien überhaupt nicht. Etwa fünfzig Kühe ließen es sich bei uns wohlsein, und die Katzen waren verstört. Sie rannten von einem Fensterbrett zum andern und dann in kurzen zornigen Ausfällen zur Haustür hinaus; und sie beklagten sich bitterlich, bis endlich Hilfe kam und die riesigen, gefährlichen Tiere auf ihre eigenen Weiden zurückgescheucht wurden. Immerhin hatten die Katzen gelernt, daß diese großen Tiere keine Gefahr bedeuteten. Denn als zwei Tage später das Gartentor offenstand und Ponies vom Moor hereinkamen, beklagten sich die Katzen nicht, fürchteten sie sich nicht. Acht Ponies weideten in dem alten Garten; und die Graue schlich zu ihnen hinaus, hockte sich auf die Steinmauer und beobachtete sie. Sie verließ ihren Sitzplatz nicht; aber sie war neugierig und blieb, bis die Ponies davontrabten.

Katzen können Tiere oder Vorgänge, die sie nicht kennen, stundenlang beobachten. Das Bettenmachen, Aufwischen, Kofferpacken oder Auspacken, Nähen, Sticken – alles beobachten sie. Aber was sehen sie? Vor ein paar Wochen saßen die schwarze Katze und zwei Kätzchen mitten auf dem Fußboden und schauten mir beim Zuschneiden zu. Sie beobachteten die auf- und zuschnappende Schere, wie sich meine Hände bewegten, wie die zugeschnittenen Teile hingelegt wurden. Den ganzen Vormittag schauten sie mir versunken zu. Aber ich glaube nicht, daß sie die Dinge wahrnehmen wie wir. Was sieht zum Beispiel die Graue, wenn sie eine halbe Stunde lang zuschaut, wie Mücken in einem Sonnenstrahl tanzen? Oder wenn sie die Blätter betrachtet, die sich draußen vor dem Fenster am Baum bewegen? Oder wenn sie die Augen auf den Mond über den Schornsteinen richtet?

Die schwarze Mieze, die untadelige Erzieherin ihrer Kätzchen, läßt sich nie eine Gelegenheit für eine Lektion oder eine Ermahnung entgehen. Warum verbringt sie einen ganzen Vormittag damit, auf jeder Seite ein Kätzchen, das metallene Blitzen in dunklem Stoff zu beobachten; warum schnuppert sie an der Schere, am Stoff, umschreitet das Operationsfeld und teilt dann den Kätzchen irgendeine Beobachtung mit, so daß sie sich genauso verhalten – allerdings, da sie noch klein sind, verbunden mit allem möglichen Schabernack. Aber sie schnuppern an der Schere, schnuppern am Stoff, tun genau das, was ihre Mutter eben getan hat. Dann setzen sie sich und schauen zu. Sie lernt etwas und lehrt es ihre Jungen, daran ist nicht zu zweifeln.

Die Schwarze war nicht ganz gesund, bevor sie warf. Auf dem Rücken hatte sie einen großen kahlen Fleck, und sie war mager. Und sie war überängstlich; in der letzten Woche wollte sie nicht allein gelassen werden. Das Haus war voller Menschen, und es war leicht, dafür zu sorgen, daß sie Gesellschaft hatte. Am Wochenende waren wir nur noch drei Frauen, und da das Wetter schlecht war, bekamen wir Lust, zur Küste zu fahren und uns die stürmische See anzusehen. Aber die Schwarze wollte uns nicht gehen lassen. Wir waren alle nervös: weil wir übereingekommen waren, ihr nur zwei Junge zu lassen, da sie nicht in der Verfassung war, mehr zu säugen. Das heißt, daß wir einige töten mußten.

Am Sonntag setzten um zehn Uhr morgens die Wehen ein. Es war eine langwierige Angelegenheit. Das erste Junge wurde gegen vier Uhr nachmittags geworfen. Sie war erschöpft. Es entstand eine lange Pause zwischen dem Ausstoßen des Jungen und dem Reflex, sich umzudrehen und es zu säubern. Es war ein prächtiges Junges. Aber wir hatten beschlossen, die Kätzchen nicht zu genau zu betrachten, diese lebensvollen Geschöpfchen nicht zu bewundern. Endlich das zweite Junge. Jetzt war sie müde, und sie stieß ihren traurigen Hilfeschrei aus. Schön, sagten wir, diese zwei soll sie behalten, die übrigen werden wir ihr wegnehmen. Wir holten eine Flasche Whisky und tranken eine Menge. Dann das dritte Junge – das genügte doch wohl? Das vierte, das fünfte, das sechste. Die arme schwarze Katze plagte sich, stieß Junge aus, leckte und putzte sie dann, und säuberte alles – im tiefen Lehnstuhl ging es sehr geschäftig zu. Endlich war sie sauber und die Jungen sauber, und sie nährte sie. Sie lag stolz ausgestreckt und schnurrte.

Brave Katze, kluge Katze, schöne Katze . . . aber es hatte keinen Zweck, wir mußten vier Junge töten.

Wir taten es. Es war schrecklich. Dann gingen zwei von uns mit Taschenlampen auf die dunkle große Wiese, und wir gruben ein Loch, während es unaufhörlich regnete, und wir begruben die vier toten Kätzchen, und wir verwünschten die Natur, uns selbst und das Leben. Und dann kehrten wir in die große stille Bauernstube zurück, wo das Feuer brannte, und da lag die schwarze Katze auf einer sauberen Decke, eine hübsche stolze Katze mit zwei Jungen – die Zivilisation hatte wieder einmal gesiegt. Und staunend betrachteten wir die Kätzchen, die schon so kräftig waren, daß sie nebeneinander auf den Hinterpfoten standen und mit den winzigen rosa Vorderpfötchen den Bauch ihrer Mutter kneteten.

Unmöglich, sie sich tot vorzustellen; doch sie waren zufällig und aufs Geratewohl gewählt worden; und wenn meine Hand sie vor einer Stunde aufgehoben hätte – die Hand des Schicksals, die sich von oben hinuntersenkte –, dann lägen diese beiden jetzt in einer verregneten Wiese unter nasser Erde. Es war eine schreckliche Nacht; und wir tranken zuviel; und entschieden schließlich, auch die Schwarze sterilisieren zu lassen, denn wirklich und wahrhaftig es lohnte sich nicht.

Und die Graue kletterte auf die Armlehne, kauerte dort und streckte die Pfote nach einem Kätzchen aus; und die Schwarze schlug nach ihr; und die Graue schlich beleidigt in den Regen hinaus.

Am folgenden Tag fühlten wir uns viel besser; und wir fuhren zum Meer, das blau und ruhig war, da das Wetter in der Nacht umgeschlagen hatte.

Das stolze Schnurren der schwarzen Katze konnte man in dem ganzen großen Zimmer hören.

Die Graue brachte mehrere Mäuse, die sie auf den Steinboden legte. Mittlerweile hatte ich begriffen, daß die Mäuse ein Geschenk waren; aber es war zwecklos, denn tote Mäuse bieten keinen schönen Anblick. Wie sie sie hereinbrachte, so warf ich sie wieder hinaus; und sie sah mich mit zurückgelegten Ohren und entrüstet sprühenden Augen an.

Jeden Morgen, wenn ich aufwachte, saß die Graue am Fußende meines Bettes, und auf dem Boden lag eine tote Maus.

O gute Katze. Kluge Katze. Vielen Dank, liebe Katze. Dennoch warf ich die Maus hinaus. Die Schwarze holte sie sich und fraß sie.

Ich saß auf dem steinernen Gartenmäuerchen, als ich die Graue jagen sah.

Es war ein Tag mit dünnen, rasch ziehenden Wolken, so daß sich über Wiese, Haus, Bäumen und Garten Sonnenschein und Dunkel flüchtig abwechselten; und die graue Katze war ein Schatten zwischen den Schatten unter einem Fliederbaum. Sie war sehr still; aber beobachtete man genau, konnte man die leisen Bewegungen ihrer Schnurrhaare und Ohren erkennen; sie war nicht regloser, als es in einer Umgebung natürlich war, wo Blätter und Gras im leichten Wind zitterten. Ihre Augen gingen zu

einem meterweit entfernten stoppeligen Fleck. Während ich zuschaute, bewegte sie sich in geduckter Haltung schnell vorwärts, so wie sich ein Schatten unter einem schwankenden Zweig bewegt. Dort krabbelten drei kleine Mäuse in einem dürren Grasbüschel. Sie hatten die Katze nicht gesehen. Sie hielten inne, um zu knabbern, huschten weiter, richteten sich wieder auf, um sich umzublicken. Warum stürzte sich die Katze jetzt nicht auf sie? Sie war weniger als einen Meter entfernt. Ich blieb sitzen; die Katze blieb; die Mäuse setzten ihr Leben fort. Eine halbe Stunde verstrich. Die Spitze des Katzenschwanzes zuckte: nicht ungeduldig, sondern der sichtbare Ausdruck ihrer Gedanken: Ich habe viel Zeit. Eine blendende Wolke, hinter der die Mittagssonne stand, vergoß ein paar

Dutzend dicke Tropfen, lauter goldene Tropfen. Ein Tropfen fiel der Katze aufs Gesicht. Sie sah verärgert aus, rührte sich aber nicht. Die goldenen Tropfen sprühten zwischen die Mäuse. Sie erstarrten, zuckten dann hoch und schauten. Ich konnte sehen, wie die schwarzen Äuglein schauten. Ein paar Tropfen fielen der Katze auf den Kopf, sie schüttelte ihn. Die Mäuse erstarrten, und die Katze sprang – ein grauer Strich. Ein kleines unglückliches Quieken. Die Katze saß mit einer Maus im Maul. Sie zappelte. Die Katze ließ die Maus fallen, die ein kleines Stück weiterkroch; die Katze hinterher. Eine Pfote schnellte vor, mit ihren bösen entblößten Krallen machte sie eine fegende Bewegung und holte sich die Maus heran. Das Tierchen quiekte. Sie biß zu. Das Quieken verstummte. Sie putzte sich zierlich. Dann nahm sie die Maus auf und trabte zu mir herüber, wobei sie die Beute in die Luft warf und wieder auffing, so wie sie es auch mit ihren Jungen gemacht hatte. Sie legte sie mir zu Füßen. Sie hatte mich die ganze Zeit hier gesehen, hatte sich aber nichts anmerken lassen.

Die Besucher verließen das Haus, und ich war allein. Jetzt hatte ich etwas mehr Zeit, die Katzen zu liebkosen und mit ihnen zu sprechen.

Als ich eines Tages auf dem Küchentisch ihr Futter auf die Teller verteilte, sprang die graue Katze herauf und begann von dem einen zu fressen. Die Schwarze wartete auf dem Fußboden. Doch als ich die beiden Teller auf den Boden stellte, stolzierte die Graue davon: Sie würde nicht auf dem Fußboden fressen.

Am folgenden Tag das gleiche. Die Graue wollte mich zwingen, sie auf dem Tisch zu füttern, einem höheren Platz, während die Schwarze zum Fressen unten blieb. Ich sagte zu ihr, nein, das sei lächerlich: und drei Tage lang rührte sie im Haus nichts an, aber vielleicht fraß sie Mäuse. Allerdings nicht, wenn sie gesehen werden konnte. Am vierten Tag sprang sie wieder auf den Tisch, und ich dachte: Also gut, das ist interessant, wir wollen doch mal sehen. Zufrieden fraß sie den ganzen Teller leer, und dabei schaute sie auf die Schwarze hinunter, die auf dem Fußboden fraß: Sieh mich an, ich werde bevorzugt.

Ein paar Tage später sprang die Schwarze auf den Tisch, um sich dasselbe Vorrecht zu nehmen. Daraufhin schoß die Graue mit zurückgelegten Ohren auf das Fensterbrett über dem Tisch und erwartete von mir, daß ich ihr den Teller dort oben hinstellte. Wenn die Schwarze zum Tisch aufgerückt war, dann würde sie einen noch höheren Platz haben.

Nun aber verlor ich die Geduld und sagte den beiden, sie seien unverschämt, und sie hätten auf dem Boden zu fressen, oder sie bekämen gar nichts.

Die Graue ging daraufhin aus dem Haus, und ein paar Tage fraß und trank sie nichts. Sie war den ganzen Tag draußen; dann den ganzen Tag und die ganze Nacht – sie blieb zwei, drei Tage hintereinander fort. Jetzt hätten wir auf der Farm in Afrika gesagt: Die graue Katze verwildert. Und wir hätten etwas unternommen, uns um sie bemüht, sie eingesperrt und sie an ihre zahme Natur erinnert. Aber wahrscheinlich ist es nicht so leicht, im dicht bevölkerten England zu verwildern. Sogar auf dem Dartmoor muß stets der Lichtschimmer eines Hauses in nicht allzu großer Entfernung zu sehen sein.

Als sie das nächste Mal wiederkam, gab ich klein bei, fütterte sie auf dem Tisch, lobte sie und setzte die Schwarze, die ja ihre Jungen hatte, ein klein wenig zurück. Und die Graue kehrte heim und verbrachte die Nächte wieder am Fußende meines Bettes. Wenn sie jetzt Mäuse anbrachte, hielt ich jedesmal eine kurze Lobrede.

Die Schwarze fraß die toten Mäuse. Die Graue nie. Interessant war, daß die Schwarze nie eine Maus fraß, bevor ich sie gesehen hatte. Erst wenn ich die Gabe anerkannt und die Graue gelobt hatte, stieg die Schwarze vom Lehnstuhl und fraß die Maus sauber und ordentlich, während die Graue zuschaute und keinen Versuch machte, sie zu hindern. Allerdings versuchte sie, die Maus auf einen Tisch oder auf ein Fensterbrett zu legen; offenbar in der Hoffnung, die Schwarze würde sie dort nicht sehen. Aber die Schwarze sah sie immer: kletterte immer hinauf und fraß die Maus.

Dann ereignete sich eines Morgens etwas Außergewöhnliches.

Ich hatte in Okehampton Besorgungen gemacht. Bei meiner Heimkehr sah ich mitten im Zimmer ein grünes Häufchen auf dem Fußboden. Daneben saß die Graue, die mich beobachtete. Die Schwarze wartete mit ihren Kätzchen im Lehnstuhl. Beide wollten, daß ich das grüne Hügelchen bemerkte.

Ich ging hin und betrachtete es. Unter dem Grün eine tote Maus. Die Graue hatte die Maus gefangen und als ein Geschenk für mich auf den Boden gelegt. Aber ich blieb länger fort, als sie erwartet hatte; und so hatte sie Zeit für die Dekoration gehabt – oder vielleicht war es eine Warnung für die Schwarze: Rühr die Maus nicht an.

Sie mußte dreimal zur Hecke gelaufen sein, die frisch geschnitten war, um die drei Stengel wilde Geranien zu holen, die sie sorgfältig über die Maus legte.

Während ich sie lobte, ließ sie die Augen nicht von der Schwarzen – es war ein schnippischer, überlegener, frohlockender Blick.

Inzwischen habe ich gehört, daß Löwen eine frische Beute manchmal mit Zweigen bedecken. Um sie zu bezeichnen? Um sie vor Schakalen und Hyänen zu schützen? Um die Sonne abzuhalten?

Hatte sich die graue Katze nach Jahrtausenden ihrer Verwandtschaft mit dem Löwen erinnert?

Ich frage mich jedoch: Angenommen, die Schwarze wäre niemals zu uns ins Haus gekommen, angenommen, die Graue wäre Alleinherrscherin geblieben, alleinige Besitzerin des Hauses und seiner Bewohner, hätte sie sich dann auch in mittleren Jahren die Mühe gemacht, mich zu umschmeicheln und zu bezaubern? Hätte sie dann diese schwierige Sprache der Selbstachtung und Eitelkeit entwickelt? Hätte sie dann jemals einen Vogel oder eine Maus gefangen? Ich halte es für sehr unwahrscheinlich.

Es war Zeit, nach London zurückzukehren. Die graue Katze saß frei im Fond des Wagens, und wieder beklagte sie sich eintönig während der sechsstündigen Fahrt. Eine kurze Stille, als sie einschlief. Dann ein besonders lautes Miauen, als sie aufwachte und merkte, daß sie immer noch litt.

Und wieder dasselbe Phänomen wie auf der Hinfahrt: Es genügte nicht, Lärm, Bewegung, Unbequemlichkeit zu erleben; sie wollte das erschreckende Auftauchen und Zurückbleiben anderer Fahrzeuge *sehen*. Ich könnte schwören, daß ihr Miauen dann eine gewisse Genugtuung ausdrückte. Wie ein neurotischer Mensch gewann sie daraus ein Lustgefühl.

Die Schwarze saß mit ihren beiden Jungen still im Korb, säugte sie, schnurrte, wenn ich einen Finger durchsteckte, um ihr Näschen zu streicheln; und beschwerte sich nur dann, wenn die Graue ihre Stimme besonders laut erhob; dann miaute sie ein paar Sekunden genau synchron mit. Es klang, als ob sie dächte: Wenn *sie* das tut, wird es wohl richtig sein. Aber sie konnte es nicht durchhalten.

Zu Hause ließ ich die beiden Tiere frei, und sogleich fühlten sie sich daheim. Die Schwarze brachte ihre Kätzchen ins Badezimmer, wo sie vierzehn Tage bleiben mußten, bis sie alt genug für ihre Erziehung waren. Die Graue lief schnurstracks hinauf und nahm vom Bett Besitz.

Herbst. Die Hintertüren blieben geschlossen, weil geheizt wurde; die Katzenkisten wurden auf die Veranda gesetzt; die Katzen wurden hinausgelassen, wenn sie es verlangten. Nicht sehr oft. Während der Kälte scheinen sie sich sehr gern im Haus aufzuhalten.

Die Schwarze wurde wieder rollig. Sie wurde wie üblich zehn Tage nach dem Werfen in Devon rollig. Es geschah, während die Graue auf Jagd war. Die Schwarze ließ die Jungen im Lehnstuhl vor dem Feuer und lief hinaus, um nach einem Gefährten zu suchen. Aber aus irgendeinem Grund war keiner da: Wahrscheinlich hatte die Graue alle Kater gründlich verscheucht. Kein einziger kam angelaufen, im Gegensatz zu London, wo sie über Mauern und durch Gärten herbeigelaufen kommen, wenn sie nach ihnen ruft. Sie mußte weiter hinaus. Sie brachte die Jungen nach oben, wo sie ihrer Ansicht nach in Sicherheit sein würden, und lief zum Gartentor, wo sie rufend und jaulend saß. Sie eilte kurz zurück zu den Jungen, da für die Schwarze die Mütterlichkeit nicht einmal durch den Geschlechtstrieb verdrängt werden kann; säugte sie, stürzte wieder hinaus. Sie fraß kaum etwas und verzehrte sich jaulend und sehnend zu einem Knochengerüst. Wenn ich nachts aufwachte, hörte ich sie beim Gartentor locken. Aber sie fand keinen Gatten: Und inzwischen ist sie wieder rund und schön geworden.

In den Monaten unserer Abwesenheit hatte sich die Londoner Katzenbevölkerung verändert. Von den ursprünglichen Katern war keiner mehr da. Nur der verhältnismäßige Neuling, der weiße Kater mit den grauen Flecken, trieb sich noch herum. Keine anderen Kater gab es; deshalb wurde er der Vater, und wir waren gespannt, wie die Würfel der Gene diesmal ausfallen würden.

Der Herbst war kalt und naß. Wenn ich in den Garten hinausging, kamen die beiden Katzen mit; geziert schritten sie über feuchtes Laub und jagten einander zum Haus zurück. Es bildete sich so etwas wie eine Freundschaft heraus. Bis jetzt hatten sie sich noch nie gegenseitig geleckt oder eng beisammen geschlafen. Doch nun spielten sie ein wenig miteinander, wenn auch diejenige, die das Spiel anfing, öfters fauchend zurückgewiesen wurde. Stets begegnen sie einander vorsichtig, unter gegenseitigem Nasenschnüffeln: Was bist du, Freund oder Feind? Es ist wie der Händedruck zweier Gegner.

Die Schwarze wurde schwerfällig und schlief sehr viel. Die Graue herrschte wieder, vollführte ihre Kunststücke und produzierte sich.

Abermals warf die Schwarze oben in der Mansarde, und wir ließen ihr alle sechs Jungen. Nach der Ermordung der vorigen waren wir immer noch so verstört, daß wir es nicht nochmals durchmachen mochten.

Als die Kätzchen laufen konnten, versteifte sich die Mutter auf einen Wunsch, nur einen einzigen, und sie wollte ihn unbedingt durchsetzen: Die Jungen mußten unter meinem Bett bleiben. Die Mansarde war nämlich, zu ihrem großen Ärger, nicht die ganze Zeit bewohnt, so daß es ihr dort an Gesellschaft und Bewunderung fehlte. Die Studentin war über Weihnachten verreist. Die Schwarze ist eigensinnig. Sie brachte die Kätzchen herunter. Ich trug sie nacheinander in der Schürze ins Badezimmer. Die Schwarze brachte sie zurück. Ich trug sie hinunter. Sie brachte sie zurück. Schließlich siegte brutale Gewalt: Ich sperrte einfach die Tür ab.

Das ist die Zeit, in der man die Kätzchen, obwohl sie am bezauberndsten sind, loswerden möchte. Kätzchen, wohin man tritt, Kätzchen auf Tischen, Stühlen, Fensterbrettern, möbelzerstörende Kätzchen. Wohin man auch blickte, ein schwarzes süßes Geschöpfchen – alle waren nämlich schwarz, sechs schwarze Kätzchen, und der weißlich-graue Vater hatte ihr Aussehen überhaupt nicht beeinflußt.

Und unter ihnen die schwarze Mutterkatze, unermüdlich, liebevoll, pflichtbewußt, die sie immerzu bewachte. Sie trank literweise mehr Milch, als sie wollte, weil sie jedesmal, wenn ein Kätzchen in der Nähe war, ihm das Trinken beibringen mußte. Sie fraß, wenn ein Kätzchen in der Nähe des Futternapfes war. Ich sah, daß sie sofort zu fressen aufhörte – offensichtlich nudeldicksatt –, wenn das Junge aus dem Zimmer ging; dann putzte sie sich und traf Anstalten, sich auszuruhen. Dasselbe Junge oder ein anderes kam herein. Die Mutter beugte sich über den Napf und fraß, mit dem leisen Gurren, das sie ihren Jungen gegenüber gebrauchte. Das Kätzchen kam näher, setzte sich neugierig neben sie und schaute ihr beim Fressen zu. Sie fraß weiter, langsamer, sie mußte sich dazu zwingen. Das Kätzchen schnupperte am Futter, fand aber warme Milch besser und suchte die Zitzen. Die Schwarze gab einen leisen Befehlslaut von sich. Das Junge ging folgsam zum Napf und schleckte ein-, zweimal; dann, da es dem Befehl nachgekommen war, rannte es zur Mutter zurück, die sich auf die Seite legte, um es zu säugen.

Oder: Die Schwarze und das Katzenklo. Sie ist draußen im Garten gewesen; hat gerade ihr Geschäft besorgt. Aber ein Junges muß belehrt werden. Die Schwarze setzt sich in der üblichen Haltung in die Kiste. Sie ruft den Kätzchen zu: Schaut her! Sie bleibt sitzen, während die Jungen umhertollen, zusehen oder nicht zusehen. Wenn sie merkt, daß eines die Lektion begriffen hat, steigt sie aus der Kiste und setzt sich daneben nieder und ermuntert das Kätzchen mit Gurren und Schnurren, das zu tun, was man ihm demonstriert hat. Die winzige schwarze Katze ahmt Mama nach. Erfolg! Kätzchen macht ein erstauntes Gesicht. Mama leckt Kätzchen.

Die Jungen der Schwarzen kennen keine Phase, in der sie nicht stubenrein sind. Ja, wie streng erzogene Kinder sind sie in dieser Beziehung übereifrig. Wenn ein Kätzchen fern von der Kiste mitten im Spiel übermannt wird, miaut es verzweifelt; setzt sich in der richtigen Haltung zurecht – aber wieder ein verzweifeltes Miau – es ist nicht der richtige Platz. Schwarze Katze eilt zu Hilfe; schwarze Katze drängt das Kätzchen in den Raum, wo die Kiste steht. Kätzchen läuft maunzend hin, vielleicht tropft es ein bißchen. In der Kiste, was für eine Erleichterung, während Mutter beifällig daneben sitzt. Oh, was für ein braves sauberes Kätzchen ich bin! sagen Haltung und Gesicht des Kätzchens. Kätzchen steigt aus der Kiste und wird lobend geleckt; dieses überschwengliche, sorglos vertrauliche Lecken ist wie ein Kuß.

Mit diesem Jungen ist alles in Ordnung; doch wie steht es mit den anderen? Schon flitzt die Schwarze davon, eifrig, eifrig, um Gesichter, Schwänze, Fell zu prüfen. Wo stecken sie bloß? In diesem Alter, kurz bevor sie wegkommen, tollen sie durchs ganze Haus. Außer sich rennt die Mutter umher, treppauf und treppab, hinein in Zimmer und wieder hinaus: Wo seid ihr? Wo seid ihr? Die Kätzchen liegen zusammengerollt in Bündeln hinter Schachteln, in Schränken. Sie kommen nicht hervor, wenn sie nach ihnen ruft. So wirft sie sich in der Nähe nieder und liegt mit halbgeschlossenen Augen auf der Lauer, stets auf der Hut vor möglichen Feinden und Eindringlingen.

Sie zermürbt sich. Die Jungen verschwinden, eins nach dem andern. Sie scheint es nicht zu merken, bis nur noch zwei übrig sind. Die bewacht sie nun ängstlich. Dann ist nur ein Junges da. Die Schwarze widmet ihre ganze ungestüme Mütterlichkeit diesem einen. Das letzte ist fort. Und die Schwarze rennt herum, sucht es miauend überall im Haus. Dann wird irgendein Schalter umgelegt – die Katze hat vergessen, was sie in Aufregung versetzt hat. Sie huscht die Treppe hinauf und legt sich auf dem Sofa zum Schlafen nieder, auf ihrem Platz. Als ob sie niemals Junge gehabt hätte.

Bis zum nächsten Wurf. Kätzchen, Kätzchen, es regnet Kätzchen, eine Kätzchen-Flut. So viele, daß man sie nicht deutlicher unterscheidet als Blätter, die an einem kahlen Zweig wachsen, fest und grün, dann abfallen – jedes Jahr auf genau gleiche Weise. Leute kommen zu Besuch und fragen: Was ist aus dem entzückenden Kätzchen geworden? Welches entzückende Kätzchen? Alle Kätzchen sind entzückend.

Ein Kätzchen. Ein winziges Lebewesen in durchsichtigem Häutchen, über und über verklebt. Zehn Minuten später, noch feucht, aber sauber, schon an der Zitze. Zehn Tage später ein Geschöpfchen mit weichen verschleierten Augen, dessen Mäulchen die ungeheure Gefahr, die es über sich gebeugt fühlt, tapfer anfaucht. Zu diesem Zeitpunkt würde es sich in der Wildnis der Umgebung anpassen und eine Wildkatze werden. Aber nein, eine Menschenhand berührt es, es ist umgeben von Menschengeruch, eine Menschenstimme beschwichtigt es. Bald verläßt es sein Nest, beseelt vom Vertrauen, daß die Riesen ringsum ihm nichts Schlimmes antun werden. Es tapst, dann schlendert es, dann läuft es im ganzen Haus herum. Es hockt in der Kiste, putzt sich, leckt Milch auf, dann benagt es einen Kaninchenknochen und verteidigt ihn gegen seine Geschwister. Bezauberndes Kätzchen, hübsches Kätzchen, schönes, wolliges, süßes kleines Tier – dann ist es fort. Und seine Persönlichkeit wird von dem neuen Haushalt geformt, von dem neuen Besitzer; denn während es bei seiner Mutter bleibt, ist es einfach ein Kätzchen – allerdings, da es das Junge der Schwarzen ist, ein sehr wohlerzogenes Kätzchen.

Vielleicht wird die Schwarze, wenn sie schließlich sterilisiert worden ist, genau wie die Graue, die arme alte Jungfer, Kätzchen betrachten, als wüßte sie nicht, was das ist. Vielleicht wird ihr das Wissen um Kätzchen im Gedächtnis bleiben; denn während sie sie hat, gehören ihnen ihre Tage, ihre Nächte, alle ihre Instinkte, und sie würde für sie, wenn nötig, jeden Tod sterben.

Vor vielen Jahren gab es eine Katze. Ich weiß nicht, warum sie verwilderte. Es mußte sich etwas Schreckliches zugetragen haben, das der Aufmerksamkeit der Menschen entgangen war. Vielleicht hatte sie eine Abfuhr erlitten, eine Kränkung, die ihr Katzenstolz nicht zu ertragen vermochte. Die alte Katze blieb dem Haus monatelang fern. Sie war kein schönes Tier, schäbig, schwarz, weiß, grau und fuchsrot gefleckt und gestreift. Eines Tages kam sie zurück und saß am Rande der Lichtung, auf der das Haus stand, und betrachtete das Haus, die Menschen, die Tür, die anderen Katzen, die Hühner – die Familienszene, von der sie ausgeschlossen war. Dann verzog sie sich wieder in den Busch. Am folgenden Abend war die Katze abermals da. Die Hühner wurden für die Nacht ins Gehege gescheucht. Wir sagten, vielleicht ist sie hinter den Hühnern her, und schrien sie an. Sie drückte sich platt ins Gras und verschwand. Am nächsten Abend war sie wieder da. Meine Mutter ging zum Rand der Lichtung und rief sie. Aber die Katze war mißtrauisch, wollte nicht näherkommen. Sie war hochträchtig: ein großes, mageres Tier mit vorstehenden Knochen, das seinen dicken Bauch schleppte. Sie hatte Hunger. Es war ein trockenes Jahr. Die lange Dürre hatte das Gras ausgedünnt und die Sträucher verbrannt; alles ringsum wie Skelette, dürre Grasstengel; und die winzigen Blättchen, die an den Stengeln zitterten, nur noch Schatten. Das Gebüsch bestand nur noch aus Zweigen, das üppige Laub der Bäume war verdorrt und so spärlich, daß man nur Stämme und Äste sah. Das Feld war ein einziges Knochengerüst. Und der Hügel, auf dem unser Haus stand, in der feuchten Jahreszeit so üppig und grün, war kahl. Seine Form, sanftes Ansteigen zu einer hohen Kuppe, dann ein abruptes Abfallen ins Tal, zeichnete sich unter einem steifen Besatz von Stecken und Zweigen ab. Die Vögel und die Nagetiere waren vielleicht in eine fruchtbarere Gegend gezogen. Und die Katze war nicht wild genug, um ihnen zu folgen, fort von dem Ort, den sie immer noch als ihr Heim betrachtete. Vielleicht war sie durch Hunger und die Last ihrer Jungen so schwach, daß sie nicht fortgehen konnte.

Wir stellten ihr Milch hin, und sie trank, aber vorsichtig, immerzu mit gespannten Muskeln, fluchtbereit. Andere Katzen kamen aus dem Haus und starrten die Verfemte an. Nachdem sie die Milch getrunken hatte, kehrte sie zu ihrem Versteck zurück. Jeden Abend kam sie und ließ sich füttern. Einer von uns hielt die anderen wütenden Katzen fern; ein anderer brachte ihr Milch und Futter. Wir paßten auf, bis sie gefressen hatte. Aber sie war unruhig: Sie schnappte nach jedem Bissen, als stehle sie ihn; immer wieder ließ sie Teller und Schüssel im Stich, kam dann zurück. Sie lief weg, bevor alles aufgefressen war; und sie ließ sich nicht streicheln, wollte nicht näherkommen.

Eines Abends folgten wir ihr in einigem Abstand. Sie verschwand auf halbem Weg hügelab. In dieser Gegend hatte ein Prospektor nach Gold geschürft und eine Mine angelegt. Einige Stollen waren eingestürzt – schwere Regenfälle hatten Erde hineingespült. Die Schächte existierten noch, waren vielleicht zum Teil mit Regenwasser gefüllt. Damit das Vieh nicht hineinfiel, hatte man abgestorbene Äste darübergelegt. In einer dieser Höhlen mußte sich die alte Katze versteckt halten. Wir riefen sie, aber da sie nicht kam, gingen wir.

Die Regenzeit brach mit einem wilden, dramatischen Gewitter an, mit Sturm, Blitz, Donner und strömendem Regen. Manchmal ist das erste

Gewitter auch das einzige für einige Tage oder sogar Wochen. Doch in jenem Jahr hatten wir zwei Wochen lang unaufhörliche Unwetter. Frisches Gras schoß hervor. Die Sträucher und Bäume setzten grünes Fleisch an. Alles war heiß, feucht und dampfend. Die alte Katze kam noch ein-, zweimal zum Haus; dann kam sie nicht mehr. Wir dachten, sie fange wohl wieder Mäuse. Dann, in einer Gewitternacht, bellten die Hunde, und wir hörten eine Katze direkt vor dem Haus schreien. Wir gingen hinaus mit Sturmlaternen, die uns ein Schauspiel peitschender Zweige, ungestüm wehendes Gras und vorbeijagende Regenvorhänge enthüllten. Die Hunde waren unter der Veranda, und sie bellten die alte Katze an, die im Regen hockte, die Augen grün im Laternenlicht. Sie hatte inzwischen geworfen. Sie war nur noch ein altes Skelett von einer Katze. Wir stellten ihr Milch hin und jagten die Hunde fort, doch das wollte sie nicht. Klagend blieb sie sitzen, während der Regen sie peitschte. Sie wollte Hilfe. Nur mit einem Regenmantel über dem Nachthemd patschten wir ihr durch einen schwarzen Sturm hinterher, während der Donner über uns grollte und der Blitz die Regenvorhänge beleuchtete. Am Rande des Buschlandes blieben wir stehen und spähten hinein – vor uns lag das Gebiet mit den alten Schächten und Stollen. Es war gefährlich, im Unterholz umherzutappen. Aber die Katze war uns voraus, schrie und forderte. Vorsichtig stapften wir mit Sturmlaternen durch hüfthohes Gras und Gesträuch, in dem prasselnden Regen. Dann war die Katze nicht mehr zu sehen, sie schrie irgendwo unter uns. Genau vor uns lagen aufgehäufte Äste. Das hieß, wir waren am Rande eines Schachtes. Irgendwo dort unten war die Katze. Es war unmöglich, mitten in der stürmischen Nacht schlüpfrige, verrottete Zweige von einem einsturzgefährdeten Schacht zu entfernen. Wir leuchteten mit den Laternen durch die Lücken, und wir glaubten, eine Bewegung der Katze wahrzunehmen, waren jedoch nicht sicher. So kehrten wir nach Hause zurück, ließen das arme Tier im Stich und tranken in einem warmen, lampenerhellten Zimmer Kakao, während wir uns fröstelnd trockneten.

Aber wir schliefen schlecht, weil wir an die arme Katze denken mußten, und wir standen mit der ersten Dämmerung um fünf Uhr auf. Das Gewitter war vorbeigezogen, doch alles tropfte. Wir gingen in dämmrige

Kühle hinaus, während rote Streifen im Osten zeigten, wo die Sonne aufgehen würde. Wir stiegen hinunter und durch den nassen Busch zu den aufgehäuften Ästen. Von der Katze keine Spur.

Dieser Schacht war ungefähr fünfundzwanzig Meter tief und wurde zweimal von Stollen unterbrochen, der erste etwa drei Meter tief, der nächste viel tiefer. Unserer Ansicht nach mußte die Katze ihre Jungen im ersten Stollen untergebracht haben, der etwa sieben Meter schräg nach unten verlief. Es war schwer, das nasse Holz wegzuschaffen; es dauerte lange. Als der Eingang frei lag, war da nicht mehr das saubere Viereck wie früher. Die Erde war eingesunken, und einige dünnere Zweige und Äste aus der Abdeckung waren hineingefallen, so daß in etwa fünf Meter Tiefe eine provisorische Plattform entstanden war. Darauf hatten sich Erde und kleine Steine angesammelt. Es sah also aus wie ein dünner Boden – doch wirklich sehr dünn; darunter konnten wir das Regenwasser auf dem Boden des Schachtes glitzern sehen. Da die Schachtöffnung abgesunken war, sahen wir den Zugang zum Stollen deutlich, ein Loch von ungefähr anderthalb Meter Durchmesser. Wenn man sich bäuchlings auf den glitschigen roten Erdboden legte – sicherheitshalber mußte man sich an Gesträuch festhalten –, konnte man gut zwei Meter in den Stollen hineinspähen. Und da war der Kopf der Katze, gerade noch sichtbar. Unbeweglich ragte er aus der roten Erde. Wir dachten, der Stollen sei infolge des Regens eingefallen und habe sie halb begraben. Und vielleicht war sie tot. Wir riefen sie: Da ertönte ein schwacher, rauher Laut, dann wieder. Sie war also nicht tot. Wir standen nun vor der Frage, wie wir zu ihr gelangen konnten. Unmöglich, eine Förderhaspel in der durchweichten Erde zu verankern, die jeden Moment absacken konnte. Und die unsichere Plattform aus Zweigen und Erde hätte niemals das Gewicht eines Menschen getragen; kaum zu glauben, daß sie dem Gewicht der Katze standgehalten hatte, die täglich mehrmals hinuntergesprungen sein mußte.

Wir befestigten ein dickes Seil an einem dicken Baumstamm mit festen Knoten in meterweiten Abständen und ließen es vorsichtig hinab, so daß es möglichst nicht schmutzig und glitschig wurde. Dann kletterte einer von uns mit einem Korb an dem Seil hinunter, bis er in den Stollen greifen konnte. Da kauerte die Katze in der durchweichten Erde – sie war steif vor Kälte und Nässe. Und neben ihr lagen ein halbes Dutzend Junge, vielleicht eine Woche alt und immer noch blind. Die Katze war in Not geraten, weil die Unwetter der letzten vierzehn Tage so viel Regen in den Stollen gespült hatten, daß dieser seitlich und oben teilweise eingestürzt war; die anscheinend so sichere und trockene Höhle, die sie gefunden hatte, war eine Todesfalle geworden. Sie war zu uns gekommen, damit wir die Jungen retteten. Sie hatte Angst gehabt, sich dem Haus zu nähern wegen der Feindseligkeit der anderen Katzen und der Hunde, vielleicht auch, weil sie uns jetzt fürchtete, aber sie hatte ihre Angst überwunden, um Hilfe für die Jungen zu holen. Aber sie hatte keine Hilfe bekommen. In dieser Nacht

mußte sie alle Hoffnung verloren haben, als der Regen niederprasselte, als ringsum die Erde ins Rutschen kam, als das Wasser in den dunklen Tunnel hinter ihr eindrang. Aber sie hatte die Jungen gesäugt, und sie lebten. Sie fauchten, als sie in den Korb gehoben wurden. Die Katze war so steif und kalt, daß sie nicht allein herauskommen konnte. Zuerst wurden die zornigen Kätzchen heraufgeholt, während sie abwartend in der nassen Erde kauerte. Der Korb schwebte wieder hinunter, und sie wurde hineingesetzt. Die Katzenfamilie wurde ins Haus gebracht, wo sie einen geschützten Winkel erhielt. Die Kätzchen wuchsen heran und fanden später ein anderes Heim; und sie blieb eine Hauskatze – und hatte höchstwahrscheinlich wieder Junge.

FRÜHLING. DIE TÜREN GEÖFFNET. Die Erde riecht frisch. Die graue Katze und die schwarze Katze jagen sich und rasen im Garten umher und die Mauern hinauf. Sie wälzen sich im schwachen Sonnenschein – aber mit einigem Abstand. Sie erheben sich vom Boden und treffen für ein vorsichtiges Geschnupper zusammen, Nase an Nase, diese Seite, dann die andere. Die Schwarze geht ins Haus, um ihren Mutterpflichten nachzukommen; die Graue begibt sich auf die Jagd.

Die Graue hat neue Angewohnheiten aus Devon mitgebracht. Ihre Jagd ist flinker, tödlicher, subtiler. Sie liegt platt auf einer Mauer und beobachtet stundenlang den Baum, ohne sich zu regen. Wenn dann der Vogel herunterfliegt, springt sie. Oder aber sie springt merkwürdigerweise nicht. Da ist das flache Dach des Theaters, das Sicht auf den kleinen Nachbargarten bietet, wohin die Vögel gern kommen. Die Graue liegt auf dem Dach, nicht kauernd, sondern ausgestreckt, das Kinn auf der Pfote, der Schwanz unbeweglich. Und sie schläft nicht. Ihre Augen richten sich gespannt auf die Stare, die Drosseln, die Sperlinge. Sie beobachtet. Dann steht sie auf;

sie macht langsam einen Buckel; sie dehnt die Hinterbeine, die Vorderbeine. Die Vögel erstarren, als sie die Katze dort gewahren. Aber sie gähnt, beachtet die Vögel nicht mehr und läuft zierlich über die Mauer und schließlich ins Haus. Oder sie sitzt am Fußende meines Bettes und beobachtet die Vögel durchs Fenster. Vielleicht zuckt ihr Schwanz ein wenig – aber das ist alles. Sie kann dort eine halbe Stunde bleiben, eine gleichgültige Beobachterin: wenigstens scheint es so. Dann wird plötzlich der Jagdtrieb geweckt. Sie schnuppert, ihre Schnurrhaare bewegen sich; im nächsten Augenblick ist sie vom Bett herunter und die Treppe herunter und in dem Garten. Dort schleicht sie, ein todbringendes Tier, an der Mauer entlang. Geräuschlos springt sie an der Mauer hoch, aber nicht hinauf, o nein: Wie eine Katze in einem Comic krallt sie sich mit den Vorderpfoten an der Mauer fest, legt das Kinn auf den Rand, stützt ihr Gewicht mit den Hinterbeinen ab und unterzieht den Nachbargarten einer kritischen Besichtigung. Sie ist sehr komisch. Man muß lachen. Warum eigentlich? Ausnahmsweise einmal produziert sie sich nicht, ist sich ihrer selbst nicht bewußt, stellt sich nicht zur Schau, um bewundert zu werden. Vielleicht liegt es am Gegensatz zwischen ihrer absoluten Anspannung, ihrer Konzentration und der Nutzlosigkeit ihres Vorhabens – ein kleines Geschöpf töten, das sie nicht einmal fressen will.

Während man noch lacht, ist sie schon hinauf und über die Mauer, hat einen Vogel gefangen und kehrt mit ihm auf die Mauer zurück. Sie rennt mit dem Vogel ins Haus – aber nein, die unverständlichen Menschen sind hinuntergelaufen und haben die Hintertür geschlossen. Also spielt sie mit dem Vogel im Garten, bis sie des Spiels überdrüssig ist.

Einmal pfeilte ein Vogel an einem Dach vorbei hinab, sah einen Mauervorsprung zu spät, prallte dagegen und lag betäubt oder tot auf dem Boden. Ich war gerade mit der grauen Katze im Garten. Wir gingen zusammen zu dem Vogel. Die Graue zeigte kein großes Interesse – ein toter Vogel, schien sie zu denken. Ich dachte daran, wie die Wärme der Hände die Schwarze wiederbelebt hatte, und nahm den Vogel in die Hand. Ich ließ mich am Rand eines Blumenbeets nieder; die Graue saß daneben und schaute zu. Ich hielt den Vogel zwischen uns. Er regte sich, zitterte; er hob den Kopf, seine Augen wurden klar. Ich achtete auf die Katze. Sie reagierte nicht. Der Vogel setzte seine kalten Krallen auf meine Handfläche und stemmte sich dagegen wie ein Säugling, der seine Kraft mit den Füßen erprobt. Ich ließ den Vogel auf meiner Hand sitzen und bedeckte ihn mit der anderen. Er machte einen lebensvollen Eindruck. Die ganze Zeit schaute die Katze einfach zu. Dann hob ich die Hand, und der Vogel saß einen Moment lang frei. Noch immer reagierte die Katze nicht. Dann breitete der Vogel die Flügel aus und erhob sich in die Luft. In diesem Augenblick erwachte der Jagdtrieb der Katze; ihre Muskeln gehorchten, sie setzte zum Sprung an. Doch da war der Vogel schon fort, und sie entspannte sich und putzte sich. Die Art ihrer Bewegungen während dieses ganzen

Vorfalls glichen denen vor ihrem ersten Wurf – als sie sich kurz und flüchtig bemüßigt gefühlt hatte, ihren Jungen ein Lager zu bereiten. Bestimmte Dinge wurden getan; ein Teil von ihr war davon betroffen; aber eigentlich wußte sie nichts, sie tat diese Dinge nicht mit ihrem ganzen Wesen.

Vielleicht ist es eine ganz bestimmte Bewegung eines Vogels, irgendein besonderes Signal, das das Raubtier in der Katze anspricht, und solange diese Bewegung nicht gemacht wird, hat die Katze mit dem Vogel nichts zu tun, stellt keine Beziehung zu ihm her. Oder vielleicht ist es ein Geräusch. Ich bin überzeugt, daß das erschrockene Piepsen eines gefangenen Vogels, das Quietschen einer Maus bei der Katze den Wunsch

wecken, zu quälen. Auch beim Menschen werden ja durch Angstlaute starke Gefühlsregungen geweckt: Panik, Zorn, Mißbilligung – die Sprungfedern der Moral werden berührt. Man möchte dem bedrängten Geschöpf zu Hilfe eilen, möchte die Katze schlagen oder die ganze abscheuliche Angelegenheit aus den Sinnen verdrängen und sie nicht wahrnehmen müssen. Eine kleine Drehung an der Schraube, und man würde mit den Zähnen zuschnappen und Krallen durch weiches Fleisch reißen.

Aber welche Schraube? Das ist das entscheidende.

Vielleicht ist es für eine Katze nicht der Laut, sondern etwas anderes.

Der bedeutende südafrikanische Zoologe Eugene Marais beschreibt in seinem hervorragenden und schönen Buch »Die Seele der Termite«, wie er herausfinden wollte, auf welche Weise sich die Toktokkie-Käfer miteinander verständigen. Dieser Käfer hat kein Hörorgan; doch jeder, der auf dem Feld aufgewachsen ist, kennt die Folge seiner kleinen Klopfgeräusche. Marais schildert, wie er den Käfer wochenlang beobachtete, Überlegungen und Experimente anstellte. Und dann plötzlich der wunderbare Augenblick der Erkenntnis, als er zu dem bislang keineswegs selbstverständlichen Schluß kam, daß es kein Laut war, sondern eine Schwingung, die der Käfer benutzte: eine so feine Schwingung, daß wir Menschen sie nicht wahrnehmen. Und die Symphonie des Knackens, Quiekens, Zirpens, Summens, so wie wir die Insektenwelt erleben – zum Beispiel in einer heißen Nacht –, bedeutet für sie ganz andere Signale, die wir mit unseren Sinnen nicht auffangen können. Nun ja, natürlich: das liegt auf der Hand. Das heißt, sobald wir es erkannt haben.

Diese komplizierten Sprachen, die wir nicht zu deuten wissen, direkt vor unserer Nase.

Man kann etwas ein dutzendmal beobachten und denken: wie entzückend, wie niedlich oder auch wie sonderbar, bis man auf einmal ganz unerwartet einen Sinn dahinter erkennt.

Zum Beispiel: Wenn die Jungen der schwarzen Katze laufen können, schleicht sich die graue Katze unweigerlich zu einem bestimmten Zeitpunkt, aber immer, wenn die Schwarze nicht hinsieht, zu einem Kätzchen – und das ist das Sonderbare –, als wäre das Kätzchen etwas völlig

Neues, als hätte sie selbst nie Junge gehabt. Sie schleicht das Kätzchen von hinten oder von der Seite an. Sie beschnüffelt es oder berührt es versuchsweise; kann sein, daß sie es sogar hastig ein- oder zweimal leckt. Aber nicht von vorn. Nie habe ich sie von vorn herankommen sehen. Wenn sich das Kätzchen umdreht und sie ansieht, keineswegs feindselig, sondern in freundlicher Neugier, faucht die Graue und weicht mit gesträubtem Fell zurück – irgendein Mechanismus warnt sie.

Ich dachte, nur die Graue verhalte sich so, der man ja die geschlechtlichen und mütterlichen Triebe genommen hat und die so feige ist. Doch vor vierzehn Tagen unternahm ein fünf Wochen altes Kätzchen seinen ersten Spaziergang im Garten; schnüffelnd, umherschauend, abenteuerlustig. Sein Vater, der weißliche Kater, kam hinzu; und zwar genau wie die graue Katze auf schleichende, vorsichtige Weise. Er beschnüffelte das Kätzchen von hinten. Das Kätzchen drehte sich um und betrachtete dieses neue Geschöpf, und sogleich wich der große Kater erschrocken und fauchend zurück, bedroht von diesem winzigen Geschöpf, das er mit einem einzigen Zuschnappen hätte töten können.

Ob die Natur ein kleines Geschöpf vor einem Erwachsenen seiner eigenen Art beschützt während der Zeit, wo ihm noch die Kraft fehlt, sich zu verteidigen?

Die Katzen sind jetzt vier Jahre alt, zwei Jahre alt. Die Graue hat noch nicht die Hälfte ihres Lebens hinter sich – wenn sie Glück hat. Vor kurzem war sie nicht im Haus, als wir zu Bett gingen. Sie kam die ganze Nacht nicht heim. Auch am folgenden Tag keine graue Katze. Da die Graue in dieser Nacht ihre Vormachtstellung nicht einnahm, eignete die Schwarze sie sich an.

Tags darauf versuchte ich mich auf die übliche Weise zu trösten: Es ist ja bloß eine Katze und so weiter. Und ich tat das übliche: Hat jemand eine graue Katze, die aussieht wie eine Siamkatze, mit hellem Bauch und schwarzer Zeichnung gesehen? Niemand wußte etwas von ihr.

Also gut, wenn die Schwarze das nächstemal warf, wollten wir ein Junges behalten, und dann hätten wir wenigstens zwei Katzen im Haus, die Freunde waren und sich aneinander freuten.

Nach viertägiger Abwesenheit kehrte die Graue zurück, sie kam über die Mauern gerannt. Vielleicht hatte jemand sie gestohlen, und sie war entwichen; vielleicht hatte sie eine Familie besucht, von der sie bewundert wurde.

Die Schwarze freute sich über das Wiedersehen nicht.

Ab und zu halten Leute im Haus, die sich unbelauscht glauben, den Katzen einen Vortrag: Ihr Dummköpfe, warum könnt ihr nicht Freunde sein? Stellt euch einmal vor, was für ein Vergnügen euch entgeht, stellt euch vor, wie nett das wäre!

Neulich trat ich der Grauen versehentlich auf den Schwanz: Sie schrie auf, und die schwarze Katze sprang sofort zu: ein augenblicklicher Reflex. Die Graue hatte Gunst und Schutz verloren, dachte die Schwarze, und das war für sie der gegebene Augenblick.

Ich entschuldigte mich bei der Grauen und streichelte beide. Sie ließen sich diese Aufmerksamkeiten gefallen, wobei sie einander die ganze Zeit beobachteten, und gingen ihrer getrennten Wege zu ihren getrennten Futternäpfen, zu ihren getrennten Schlafplätzen. Die Graue wälzt sich auf dem Bett, gähnt, putzt sich, schnurrt: Günstling, Herrscherin, Königin auf Grund von Kraft und Schönheit.

Die Schwarze bezieht neuerdings – augenblicklich hat sie keine Jungen – ihren Standort in einem Winkel der Diele, wo sie den Rücken zur Wand hat, Eindringlinge aus dem Garten in Schach halten und das Treppauf und Treppab der Grauen beobachten kann.

Wenn sie mit halbgeschlossenen Augen döst, wird sie das, was sie wirklich ist, ihr wahres Ich, das sich nicht mit Mutterpflichten abplagen muß. Ein kleines glänzendes, festes Tier, so sitzt sie da, eine schwarze, schwarze Katze mit edlem Profil.

»Katze aus dem Schattenreich! Plutonische Katze! Katze für einen Alchimisten! Mitternachtskatze!«

Aber heute ist die Schwarze für Schmeicheleien nicht zu haben, sie will nicht gestört werden. Ich streichle ihren Rücken; sie macht einen leichten Buckel. Sie schnurrt ganz kurz in höflicher Anerkennung des fremden Wesens, dann starrt sie mit ihren gelben Augen in eine verborgene Welt.

Rufus

Die Ereignisse warfen ihre Schatten voraus - schon Monate vorher. Während des Frühlings und Sommers tauchte, wenn ich auf dem Gehweg vorüberging, unter einem Wagen oder aus einem Vorgarten ein räudiger roter Kater auf; er stand einfach da, war unübersehbar, hob den Kopf und sah mich unverwandt an. Er wollte etwas, aber was? Katzen auf dem Gehweg, Katzen auf Gartenmauern oder Katzen, die einem aus Hauseingängen entgegenkommen, strecken sich, bewegen den Schwanz, grüßen, gehen ein paar Schritte mit. Sie wollen Gesellschaft, oder sie bitten, wenn sie den ganzen Tag oder die Nacht von strengen Besitzern ausgesperrt werden, was häufig vorkommt, um Hilfe mit einem lauten, hartnäckigen Miau, das bedeutet, daß sie hungrig oder durstig sind oder frieren. Eine Katze, die sich an der Straßenecke an deine Beine schmiegt, mag vielleicht überlegen, ob sie ein schlechtes Zuhause gegen ein besseres eintauschen kann. Aber dieser Kater miaute nicht. Er sah mich nur nachdenklich und durchdringend mit gelb-grauen Augen an. Dann begann er langsam, mir auf dem Gehweg zu folgen, ohne den Blick abzuwenden. Er stellte sich ein, wenn ich nach Hause kam und wenn ich das Haus verließ, und er ging mir nicht mehr aus dem Kopf. War er hungrig? Ich brachte ihm Futter hinaus und legte es unter ein Auto; er fraß etwas, ließ den Rest aber liegen. Und doch war er in Not, verzweifelt, das wußte ich. Hatte er in unserer Straße ein Zuhause, war es schlecht? Am häufigsten schien er sich ein paar Häuser entfernt aufzuhalten, und als einmal eine alte Frau in dieses Haus ging, folgte er ihr. Also war er nicht heimatlos. Doch er gewöhnte sich an, mir bis zu unserem Tor zu folgen, und als einmal eine Kinderflut über den Gehweg tobte, zog er sich erschrocken in unseren kleinen Vorgarten zurück und beobachtete mich an der Haustür.

Er hatte Durst, nicht Hunger – oder er war so durstig, daß der Hunger weniger wichtig war. Das war im Sommer 1984 mit den Zeiten anhaltender Hitze. Katzen, die den ganzen Tag ohne Wasser ausgesperrt waren, litten. Ich stellte eines Abends eine Schale mit Wasser vor den Hauseingang, und am nächsten Morgen war sie leer. Als die Hitze anhielt, stellte ich eine zweite Schale auf den rückwärtigen Balkon, der über einen Fliederbaum oder mit einem mächtigen Sprung von einem kleinen Dach aus zu erreichen war. Und auch diese Schale war jeden Morgen leer. Eines heißen staubigen Tages kauerte der rote Kater vor der Wasserschale auf dem Balkon und trank und trank ... Er trank das ganze Wasser und wollte mehr. Ich füllte die Schale, und wieder kauerte er sich davor und trank alles. Das bedeutete, daß mit seinen Nieren etwas nicht stimmte. Jetzt konnte ich ihn in aller Ruhe betrachten. Es war ein zerzauster Kater, unter dessen schmutzigem, struppigem Fell die Knochen hervortraten. Aber er hatte eine wunderschöne Farbe, wie Feuer, wie ein Fuchs. Es war, wie man sagt, ein »richtiger« Kater mit seinen zwei pelzigen Bällchen unter dem Schwanz. Seine Ohren waren eingerissen und narbig von Kämpfen. Nun war er nicht mehr auf der Straße, wenn ich aus dem Haus ging und zurückkam, er war von der Vorderseite der Häuser und dem gefahrvollen Leben mit den schnellen Autos und den lärmenden, tobenden Kindern zur Rückseite umgezogen in die Szenerie der langen, ungepflegten Gärten, der Bäume und Sträucher, der vielen Vögel und Katzen. Er kam auf unsern kleinen Balkon mit den Topfpflanzen, der von einer niedrigen Mauer begrenzt wird. Die Zweige des Fliederbaums, immer voller Vögel, hängen darüber. Er lag im schmalen Schatten der Mauer, die Wasserschüssel war ständig leer, und wenn er mich sah, erhob er sich und wartete neben der Schüssel auf mehr.

Inzwischen hatten die Hausbewohner begriffen, daß wir eine Entscheidung treffen mußten. Wollten wir noch eine Katze haben? Wir hatten bereits zwei schöne, große und träge, kastrierte Kater, denen es immer so gut ging, daß sie glaubten, das Leben sei ihnen Futter, Bequemlichkeit, Wärme und Sicherheit schuldig. Sie mußten niemals um etwas kämpfen.

Nein, wir wollten nicht noch eine Katze und ganz sicher keine kranke. Aber inzwischen trugen wir außer Wasser auch Futter zu dem alten Streuner hinaus und stellten es auf den Balkon, damit er wußte, es war eine Gefälligkeit, kein Recht; er gehörte nicht zu uns und durfte nicht ins Haus. Wir nannten ihn im Spaß unseren »Freilandkater«.

Das warme Wetter dauerte an.

Man hätte ihn zum Tierarzt bringen müssen. Aber das hätte bedeutet, daß er unsere Katze war, daß wir nun drei Katzen hätten, und unsere beiden Kater waren beleidigt, mißtrauisch und gekränkt wegen des Neuankömmlings, der Rechte auf uns zu haben schien, wenn auch begrenzte. Außerdem, was war mit der alten Frau, die er manchmal besuchte? Wir

beobachteten ihn, wie er steifbeinig den Gartenweg entlangging, rechts abbog und unter dem Zaun hindurchkroch, einen Garten durchquerte, dann noch einen, wobei sein Rot sich leuchtend von dem stumpfen Spätsommergras abhob, und dann verschwand – vermutlich an der Hintertür eines Hauses, wo er willkommen war.

Das warme Wetter war vorüber, und es begann zu regnen. Der rote Kater stand im Regen auf dem Balkon, das Fell war vom tropfenden Wasser gestreift, und er sah mich an. Ich öffnete die Küchentür, und er kam herein. Ich sagte ihm, er könne einen Stuhl haben, aber nur diesen einen; das sei sein Stuhl, und mehr dürfe er nicht verlangen. Er kletterte auf den Stuhl, legte sich hin und sah mich unverwandt an. Er benahm sich wie jemand, der weiß, daß er das Beste aus dem machen muß, was das Schicksal bietet, bevor es ihm wieder genommen wird.

Wenn es nicht regnete, blieb die Tür zum Balkon, zu den Bäumen und dem Garten immer offen. Wir schließen ungern alles mit Glas und Gardinen aus. Und er konnte noch den Fliederbaum benutzen, um in den Garten hinunterzukommen und sein Geschäft zu verrichten. Den ganzen Tag lag er auf dem Stuhl in der Küche, den er nur manchmal schwerfällig verließ, um noch eine Schale Wasser zu trinken. Er fraß jetzt viel. Er konnte nicht an einer Wasserschüssel oder einem Teller mit Futter vorbeigehen, ohne etwas zu trinken oder zu fressen, denn er wußte, er durfte sich nie auf etwas verlassen.

Er war ein Kater, der ein Heim gehabt, es aber verloren hatte. Er wußte, was es bedeutete, eine Hauskatze, ein Haustier zu sein. Er wollte gestreichelt werden. Seine Geschichte war vertraut. Er hatte ein Zuhause gehabt, menschliche Freunde, die ihn liebten oder glaubten, ihn zu lieben; aber es war kein gutes Zuhause, denn die Menschen gingen oft weg, und er mußte sich selbst Schutz und Futter suchen. Oder sie kümmerten sich um ihn, so lange es ihnen paßte, zogen dann aus der Gegend fort und ließen ihn zurück. Einige Zeit war er im Haus der alten Frau gefüttert worden, offenbar jedoch nicht ausreichend, oder er hatte kein Wasser bekommen. Inzwischen sah er besser aus. Aber er putzte sich nicht. Natürlich war er steif, aber er war enttäuscht worden, ohne Hoffnung. Vielleicht hatte er geglaubt, er werde nie mehr ein Zuhause finden. Nach ein paar Tagen, als er wußte, wir würden ihn nicht wegjagen, begann er jedesmal zu schnurren, wenn wir in die Küche kamen. Nie habe ich oder hat jemand, der zu uns kam, eine Katze so laut schnurren gehört wie ihn. Er lag auf dem Stuhl, seine Flanken hoben und senkten sich, und sein Schnurren dröhnte durch das Haus. Wir sollten wissen, er war dankbar. Es war ein berechnendes Schnurren.

Wir bürsteten ihn. Wir säuberten sein Fell für ihn. Wir gaben ihm einen Namen. Wir brachten ihn zum Tierarzt und bekannten uns dazu, daß wir eine dritte Katze hatten. Seine Nieren waren angegriffen. Er hatte ein Geschwür in einem Ohr. Ein paar Zähne fehlten. Er litt an Arthritis oder Rheumatismus. Sein Herz hätte gesünder sein können. Nein, eine alte Katze war er nicht, vermutlich acht oder neun Jahre alt, in den besten Jahren, wenn er gut versorgt worden wäre. Aber er hatte allein gelebt, so gut er konnte, und das vielleicht seit längerer Zeit. Großstadtkatzen, die sich ihr Futter selbst suchen, die betteln und bei schlechtem Wetter im Freien schlafen müssen, leben nicht lange. Er wäre bald gestorben, wenn wir ihn nicht gerettet hätten. Er nahm seine Antibiotika und die Vitamine und begann bald nach dem ersten Tierarztbesuch mit der beschwerlichen Prozedur des Putzens. Aber er war zu steif, um alle Stellen zu erreichen, und mußte sich mühen und anstrengen, eine gepflegte Katze zu sein.

All das spielte sich in der Küche ab, und meist auf dem Stuhl, den zu verlassen er sich fürchtete – sein Platz. Sein kleiner Platz. Sein Halt im Leben. Und wenn er auf den Balkon hinausging, ließ er uns nicht aus den Augen, falls wir ihm die Tür vor der Nase zumachen sollten, denn mehr als alles andere fürchtete er, ausgesperrt zu werden. Und bei jeder Bewegung, die aussah, als wollten wir die Tür schließen, kam er steifbeinig herein und kletterte auf seinen Stuhl.

Er saß gern auf meinem Schoß; wenn er das geschafft hatte, ging es los, er schnurrte und blickte mit seinen klugen graugelben Augen zu mir auf: Siehst du, ich bin dankbar, und ich sage es dir.

Eines Tages, als die Richter über sein Schicksal in der Küche Tee tranken, sprang er von seinem Stuhl und ging bedächtig zur Tür, durch die man den Rest des Hauses erreicht. Dort blieb er stehen, drehte sich um und sah uns eindringlich an. Er hätte nicht deutlicher fragen können: Darf ich weiter gehen – ins Haus? Darf ich eine richtige Hauskatze sein? Inzwischen hätten wir ihn gern dazu eingeladen, aber unsere beiden anderen Katzen schienen ihn nur tolerieren zu können, wenn er blieb, was er war – eine Küchenkatze. Wir deuteten auf seinen Stuhl, und er kletterte geduldig wieder hinauf. Eine Weile lag er reglos und enttäuscht da und setzte dann schnurrend die Flanken in Bewegung.

Selbstverständlich kamen wir uns schrecklich grausam vor.

Ein paar Tage später sprang er vorsichtig vom Stuhl, ging wieder zur

Tür, blieb stehen und blickte sich fragend nach uns um. Diesmal sagten wir nicht, daß er zurückkommen muß, und so drang er ins Haus vor, wenn auch nicht weit. Er fand einen geschützten Platz unter einer Badewanne, und dort blieb er. Die anderen Katzen kamen, um nachzusehen, wo er war, und erkundigten sich bei uns, wie wir darüber dachten, aber wir fanden, die beiden jungen Prinzen könnten ihr gutes Leben mit ihm teilen. Draußen war es Herbst und dann Winter, und wir mußten die Küchentür schließen. Aber was war mit den Toiletten-Problemen der neuen Katze? Nun wartete der Kater an der Küchentür, wenn er hinaus mußte, aber draußen wollte er nicht auf das kleine Dach springen oder den Fliederbaum hinunterklettern, denn er war zu steif. Er benutzte die

Töpfe, in denen die Pflanzen zu wachsen versuchten, deshalb stellte ich ihm eine Kiste mit Torf hin, und er verstand und benutzte sie. Es war lästig, die Torfkiste zu leeren. Unten im Haus gibt es eine Katzentüre, die direkt in den Garten führt, und unsere beiden jungen Kater hatten nie, nicht ein einziges Mal das Haus beschmutzt. Ob es regnet, schneit oder stürmt, sie gehen nach draußen.

Das also war die Situation, als der Winter begann. Abends waren die Menschen und die beiden rechtmäßig ins Haus gehörenden Katzen im Wohnzimmer, und Rufus saß unter der Badewanne. Eines Abends stand Rufus in der Tür des Wohnzimmers; es war ein dramatischer Auftritt, denn damit machte die Verkörperung der Entrechteten, der Gekränkten, der Verletzten ihre Anwesenheit bei den Geborgenen, den Gefütterten, den Privilegierten bemerkbar. Er warf den beiden Katzen, seinen Rivalen, einen kurzen Blick zu, hielt aber die intelligenten Augen auf uns gerichtet. Was würden wir sagen? Wir sagten: Gut, er kann den alten mit Styroporkügelchen gefüllten Ledersack an der Heizung haben. Die Wärme wird für seine schmerzenden Knochen gut sein. Wir machten eine Mulde in den Sack, und er kletterte hinein, rollte sich vorsichtig zusammen und schnurrte. Er schnurrte und schnurrte, er schnurrte so laut und so lange, daß wir ihn bitten mußten, damit aufzuhören, denn wir konnten unser eigenes Wort nicht verstehen – im wahrsten Sinne des Wortes. Wir mußten den Fernseher lauter stellen. Aber er wußte, er hatte Glück, und wir sollten wissen, daß er den Wert dessen erkannte, was er bekam. War ich oben im Haus, zwei Stockwerke höher, konnte ich das rhythmische Dröhnen hören, das bedeutete, Rufus war wach und erzählte uns von seiner Dankbarkeit. Vielleicht schlief er auch und schnurrte im Schlaf, denn wenn er einmal angefangen hatte, hörte er nicht wieder auf, sondern lag zusammengerollt mit geschlossenen Augen da, und seine Flanken bewegten sich auf und ab. Rufus' Schnurren hatte etwas Maßloses und Anstößiges, denn es war so berechnend. Und während wir diesen Veteranen, der nur deshalb noch nicht tot war, weil er seine Intelligenz gebraucht hatte, beobachteten und ihm zuhörten, wurden wir an die Gefahren, an die Abenteuer und die Härten erinnert, die hinter ihm lagen.

Aber unseren beiden anderen Katzen gefiel dies nicht. Die eine heißt Charles, ursprünglich Prince Charlie – nicht nach dem derzeitigen Träger dieses Namens, sondern nach früheren romantischen Prinzen –, denn er ist ein forscher und hübscher Tigerkater, der es versteht, sich in Szene zu setzen. Je weniger man über seinen Charakter sagt, desto besser – aber hier geht es nicht um Charles. Die andere Katze, der ältere Bruder mit dem Charakter eines älteren Bruders, hat einen langen offiziellen Namen, den er erhielt, nachdem er kein Kätzchen mehr war und seine Eigenschaften erkennbar wurden. Wir nannten ihn General Pinknose den Dritten. Damit bezeugten wir ihm unsere Hochachtung und erinnerten uns vielleicht daran, daß einen auch die umsorgteste Katze eines Tages verlassen wird. Wir hatten dieses zarte Eiscreme-Rosa schon bei früheren, weniger beeindruckenden Katzen gesehen, allerdings an der Spitze von nicht ganz so edel geformten Nasen. Wie manche Menschen erhält auch er andere Namen, wenn die Zeit etwas Neues ans Licht bringt, und vor kurzem wurde er wegen seiner moralischen Kraft und seiner Fähigkeit, ein stummes Urteil über ein Ereignis abzugeben, eine Zeitlang zum Bischof und hieß Bischof Butchkin. Diese beiden Katzen lagen mit dem Kinn auf den Vorderpfoten an ihren Plätzen und beobachteten Rufus, ohne sich zu äußern. Charles sitzt immer unter einer Heizung, aber Butchkin liebt den Platz auf einem hohen Korb, wo er alles im Auge behalten kann. Er ist eine prachtvolle Katze. Die Nähe hatte meinen Blick getrübt: Ich wußte, daß er hübsch ist, aber ich kam von einer Reise zurück und stand tief beeindruckt vor dieser großen Katze mit dem auffallend glänzend schwarz und makellos weiß gezeichneten Fell, den gelben Augen und weißen Schnurrhaaren, und ich dachte daran, daß diese Schönheit durch Pflege und gutes Futter aus gewöhnlichem Wald-und-Wiesen-Erbgut hervorgegangen war. Ein unkastrierter Kater, der bei jedem Wetter unterwegs sein und um eine Katze kämpfen muß, würde nicht so aussehen, wäre kleiner oder zumindest mager, flink und von Kämpfen gezeichnet. Nein, ich bin über das Kastrieren von Katzen nicht glücklich, ganz im Gegenteil.

Aber diese Geschichte handelt nicht von El Magnifico – das ist der Name, der am besten zu ihm paßt.

Wenn Charles glaubte, daß wir nichts merkten, versuchte er, Rufus in eine Ecke zu drängen und ihn einzuschüchtern. Aber Charles hat nie kämpfen müssen, Rufus jedoch sein Leben lang. Rufus war so gebrechlich, daß ihn der Hieb einer entschlossenen Pfote umgeworfen hätte. Doch er setzte sich auf die Hinterbeine und verteidigte sich mit harten, erfahrenen Blicken, mit seiner vorsichtigen Geduld und Standhaftigkeit. Es gab keinen Zweifel, was geschehen würde, falls Charles in Hiebweite kam. Was El Magnifico betraf, so war er über Kämpfe auf dieser Ebene erhaben.

Während all der Wochen, in denen Rufus wieder zu Kräften kam, verließ er das Haus nur, um die Torfkiste auf dem Balkon aufzusuchen. Dort verrichtete er sein Geschäft, hielt dabei den Blick auf uns gerichtet, und wenn es aussah, als könnte ihn die Tür aussperren, miaute er leise und erschrocken und stakste wieder ins Haus. Er fürchtete selbst jetzt noch, er könnte seine Zuflucht verlieren, die er nach langer Heimatlosigkeit, nach solch qualvollem Durst gefunden hatte. Er hatte Angst, eine Pfote nach draußen zu setzen.

Der Winter ging langsam vorüber. Rufus lag auf seinem Ledersack, schnurrte jedesmal, wenn er daran dachte, beobachtete uns und beobachtete die beiden anderen Katzen, die ihn beobachteten. Dann unternahm er den nächsten Schritt. Inzwischen wußten wir, er tat nichts ohne einen sehr guten Grund; er überlegte sich alles, und dann handelte er. Butchkin, die schwarzweiße Katze, ist der Boß. Er stammt aus einem Wurf von sechs Kätzchen und wurde in diesem Haus geboren. Er erzog seine Geschwister genauso, wie seine Mutter es tat: sie war weniger eine schlechte als eine erschöpfte Mutter. Es stand immer außer Frage, wer in diesem Wurf dominierte. Nun entschloß sich Rufus zu dem Versuch, die Nummer eins zu werden. Nicht durch Stärke, denn die fehlte ihm, sondern indem er seine Stellung als kranker Kater ausnutzte, der viel Aufmerksamkeit erhielt. Der General, El Magnifico Butchkin, legte sich jeden Abend eine Weile neben mich auf das Sofa, um sein Recht auf diesen Platz zu unterstreichen, ehe er auf seinen Lieblingskorb sprang. Der Platz neben mir war der beste Platz, weil Butchkin ihn dafür hielt: Charles war zum

Beispiel dort nicht zugelassen. Aber nun verließ Rufus bewußt den Ledersack, so wie er bewußt zur Küchentür gegangen war und sich dort umgedreht hatte, um zu sehen, ob wir ihn ins Haus lassen würden, so wie er in der Wohnzimmertür gestanden hatte, um herauszufinden, ob wir erlaubten, daß er sich der Familie anschloß – so kam Rufus nun langsam zu mir, kletterte zuerst mit den Vorderpfoten, dann mühsam mit den Hinterpfoten hoch und setzte sich neben mich. Er sah Butchkin an. Dann die Menschen. Schließlich warf er einen beiläufigen Blick auf Charles. Ich jagte ihn nicht vom Sofa. Ich konnte es nicht. Butchkin sah ihn nur an und gähnte nachdrücklich (und erhaben). Ich war der Ansicht, er sollte Rufus zwingen, zu seinem Ledersack zurückzugehen. Aber er unternahm nichts, er beobachtete nur. Wartete er darauf, daß ich handelte? Rufus legte sich wegen seiner schmerzenden Gelenke vorsichtig nieder. Und schnurrte. Alle Menschen, die mit Tieren zusammenleben, kennen Augenblicke, wenn sie sich nach einer gemeinsamen Sprache sehnen. Das war ein solcher Augenblick. Was war mit Rufus geschehen, wie hatte er gelernt, zu taktieren und zu planen, wie war er zu einer Katze geworden, die wirklich dachte? Sicher, er war von Natur aus intelligent, aber Butchkin und Charles waren das auch. (Es gibt sehr dumme Katzen.) Gut, er war mit diesen oder jenen Eigenschaften geboren worden. Aber ich habe noch nie eine Katze erlebt, die in der Lage war, so zu überlegen, ihren nächsten Schritt so zu planen, wie Rufus es tat.

Er lag neben mir; nachdem er, noch vor wenigen Wochen ein Ausgestoßener, es auf den besten Platz im Wohnzimmer geschafft hatte, schnurrte er. »Pssst, Rufus, wir können unsere eigenen Gedanken nicht mehr hören.« Aber wir hatten keine gemeinsame Sprache, konnten ihm nicht erklären, daß wir ihn nicht hinauswerfen würden, wenn er aufhörte zu schnurren und danke schön zu sagen.

Wenn wir ihn zwangen, seine Medikamente zu schlucken, gab er kleine Protestlaute von sich: Vermutlich sah er darin den Preis, den er für einen Zufluchtsort zahlen mußte. Wenn wir ihm die Ohren säuberten und es weh tat, fluchte er, aber nicht über uns: Es war das ganz allgemeine Fluchen von einem, der oft genug Anlaß dazu gehabt hatte. Dann leckte

er uns die Hände, um zu zeigen, daß er nicht uns meinte, und begann wieder zu schnurren. Wir streichelten ihn, und er ließ sein rauhes, anerkennendes Brummen ertönen.

Butchkin der Prächtige sah zu und machte sich seine Gedanken. Sein Charakter hatte viel mit Rufus' Schicksal zu tun. Er ist zu stolz, um mit jemandem zu konkurrieren. Wenn er sich ganz oben im Haus vertraulich mit mir unterhält, und Charles kommt ins Zimmer, springt er einfach vom Bett oder vom Sessel und geht nach unten. Er toleriert nicht nur keine Konkurrenz, die er seiner für unwürdig erachtet, er duldet auch keine Gedanken, die nicht um ihn kreisen. Wenn ich ihn halte und streichle, müssen sich meine Gedanken auf ihn richten. Butchkin streicheln, während ich lese, das gibt es nicht. Sobald meine Gedanken abschweifen, weiß er es, springt herunter und verschwindet. Aber er ist nicht nachtragend. Wenn Charles sich schlecht benimmt und ihn plagt, versetzt er ihm vielleicht einen Hieb, aber dann, noblesse oblige, schenkt er ihm ein verzeihendes Lecken.

Eine solche Persönlichkeit erniedrigt sich nicht, indem sie mit irgendeiner Katze um den ersten Platz kämpft.

Eines Tages stand ich mitten im Zimmer und sprach mit Butchkin, der zusammengerollt auf seinem Korb lag, als Rufus vom Sofa sprang, sich vor meine Beine stellte und Butchkin ansah, als wollte er sagen: Mich hat sie lieber. Das geschah langsam und mit Absicht; er war nicht emotional oder unbesonnen oder impulsiv – alles Eigenschaften, die Charles im Übermaß besaß. Rufus hatte alles geplant, er war ruhig und bedächtig. Er hatte sich zu einem letzten Versuch entschlossen, die Nummer eins zu werden, mein Liebling, und Butchkin auf den zweiten Platz zu verweisen. Aber das duldete ich nicht. Ich deutete auf das Sofa, und er blickte in einer Weise zu mir auf, die, wäre er ein Mensch gewesen, bedeutet hätte: Es war immerhin einen Versuch wert. Er ging zurück zum Sofa.

Butchkin hatte meine Entschlossenheit zu seinen Gunsten bemerkt. Er kommentierte sie nur damit, daß er seinen Platz verließ, sich um meine Beine wand und wieder hinaufsprang.

Rufus hatte den Versuch gemacht, die Nummer eins zu werden, und war gescheitert.

Er hatte seit Monaten keine Pfote mehr vor das Haus gesetzt, aber jetzt sah ich, wie er schwerfällig einen Sprung auf das Dach versuchte. Von dort blickte er zurück, immer noch in der Angst, ich würde ihn vielleicht nicht mehr hereinlassen, betrachtete dann den Fliederbaum und überlegte, wie er hinunterkam. Es war Frühling geworden. Der Baum stand im frischen Grün, und die noch geschlossenen Blüten hingen als grünlichweiße Wedel herab. Rufus entschied sich gegen den Baum und sprang mühsam zurück auf den Balkon. Ich nahm ihn hoch, trug ihn ins Erdgeschoß und zeigte ihm das Katzentürchen. Er war entsetzt und hielt es für eine Falle. Ich schob ihn sanft hindurch, während er schimpfte und sich wehrte. Ich ging nach ihm hinaus, hob ihn hoch und schob ihn zurück. Er sprang sofort die Stufen hinauf, weil er dachte, ich wollte ihn für immer aus dem Haus jagen. Der Vorgang wiederholte sich an den folgenden Tagen, und Rufus mochte das gar nicht. Ich streichelte und lobte ihn, damit er wußte, daß ich nicht versuchte, ihn loszuwerden.

Er dachte darüber nach. Ich beobachtete, wie er seinen Platz auf dem Sofa verließ und langsam die Treppe hinunter zum Katzentürchen ging. Unentschlossen stand er davor und untersuchte es mit zuckendem Schwanz. Er fürchtete sich: Die Angst trieb ihn zurück. Er zwang sich, stehenzubleiben, wieder hinauszugehen ... mehrere Male. Schließlich kam er bis an die Klappe und wollte sich zwingen hindurchzuschlüpfen, aber sein Instinkt meldete sich und trieb ihn davon. Das wiederholte sich wieder und wieder. Und dann tat er es. Wie ein Mensch, der in die ungewisse Tiefe springt, schob er zuerst den Kopf hindurch, dann den Körper und stand im Garten, der erfüllt war von den Düften und Geräuschen des Frühlings: Vögel jubilierten, weil sie einen Winter überstanden hatten, und Kinder nahmen ihre Spielplätze wieder in Besitz. Der alte Vagabund hob die Pfote und schnupperte die Luft, die ihn mit neuem Leben zu erfüllen schien, und bewegte den Kopf hin und her, um die Duftbotschaften aufzufangen (jemand im Haus nennt sie Duftogramme), die ihm frühere Freunde – Menschen und Katzen – ins Gedächtnis zurückriefen, die ihm Erinnerungen brachten. Man konnte ihn sich als jungen Kater, hübsch und voller Lebenskraft, vorstellen. Und so ging er in seiner bedächtigen Art und mit leichtem Hinken zum Ende des Gartens. Unter den alten Obstbäumen blickte er nach rechts und nach links. Erinnerungen zogen ihn nach beiden Seiten. Er entschied sich für rechts und kroch unter dem Zaun hindurch, zum Haus der alten Frau – so vermuteten wir. Dort blieb er ungefähr eine Stunde, und dann sah ich, wie er zurückkam, sich unter unserem Gartenzaun hindurchzwängte. Er kam den Gartenweg entlang, stand neben der Klappe an der Hintertür und blickte zu mir hoch: Bitte mach auf, das war genug für einen Tag. Ich gab nach und öffnete ihm die Tür. Am nächsten Tag schlüpfte er durch die Klappe nach draußen und kam durch die Klappe zurück, und danach bestand keine Notwendigkeit mehr für eine Katzenkiste, nicht einmal dann, wenn es regnete oder schneite oder der Garten voller Lärm und Wind war. Das heißt, es bestand keine Notwendigkeit mehr, solange er nicht krank und zu schwach war.

Meist machte er seine Besuche rechts, manchmal verschwand er aber auch nach links. Das war ein längerer Ausflug; ich beobachtete ihn durch das Fernglas, bis ich ihn im Gebüsch aus den Augen verlor. Nach seiner Rückkehr kam er jedesmal sofort zu mir, um sich streicheln zu lassen, und setzte seine Schnurrmaschine in Gang ... damals wurde mir bewußt, daß sein Schnurren nicht mehr das überlaute, nachdrückliche und langanhaltende Geräusch der ersten Zeit war. Jetzt schnurrte er angemessen und maßvoll, wie es sich für eine Katze gehörte, die sichergehen wollte, daß wir wußten, sie schätzte uns und ihren Platz bei uns, selbst wenn sie nicht die dominierende Katze war und wir ihr nie den ersten Platz einräumen würden. Lange Zeit hatte Rufus gefürchtet, wir würden uns als unzuverlässig erweisen und ihn wegjagen oder aussperren, aber nun fühlte er sich sicherer. Während dieser Zeit machte er jedoch niemals seine Besuche, ohne hinterher sofort zu einem von uns zu kommen und zu schnurren; er setzte sich neben unsere Beine oder drückte die Stirn an uns, was bedeutete, wir sollten ihn an den Ohren kraulen, besonders an dem wunden, das nicht heilen wollte.

Der Frühling und der Sommer waren eine gute Zeit für Rufus. Er war soweit gesund. Er fühlte sich geborgen, obwohl ich einmal unvorsichtigerweise nach einem alten Besenstiel griff, der hinten auf dem Balkon lag, und erlebte, wie er in wilder Panik auf das Dach hinuntersprang, sich überschlug, am Fliederstamm hinunterkletterte und zum Ende des Gartens raste. In der Vergangenheit hatte jemand mit Stöcken nach ihm geworfen, hatte ihn geschlagen. Ich lief hinunter in den Garten und fand ihn unter einem Busch, wo er sich vor Schreck versteckt hatte. Ich nahm ihn hoch, trug ihn zurück, zeigte ihm den harmlosen Besenstiel, entschuldigte mich und streichelte ihn. Er begriff, daß alles ein Mißverständnis gewesen war.

Rufus brachte mich dazu, über die verschiedenen Arten von Katzenintelligenz nachzudenken. Ich hatte schon gelernt, daß Katzen unterschiedliche Temperamente haben. Rufus besitzt die Intelligenz des Überlebenskünstlers. Charles hat eine wissenschaftliche Intelligenz, ihn macht alles neugierig: Was Menschen tun, Leute, die ins Haus kommen, und besonders unsere technischen Gegenstände. Tonbandgeräte, der sich drehende Plattenteller, der Fernsehapparat, das Radio faszinieren ihn. Man kann sehen, wie er überlegt, weshalb aus einem Kasten eine körperlose Stimme dringt. Als kleines Kätzchen und bevor er aufgab, hielt er öfter mit der Pfote eine Schallplatte an ... ließ sie los ... hielt sie wieder an ... blickte zu uns und miaute fragend. Er ging zur Rückseite des Radiogeräts, um herauszufinden, ob er sehen konnte, was er hörte; er ging hinter den Fernsehapparat, drehte das Bandgerät mit der Pfote um, schnupperte daran, miau: Was ist das? Er ist eine gesprächige Katze. Er redet, während man die Treppe hinunter und aus dem Haus geht, er redet mit einem, wenn man hereinkommt und hinaufgeht, er hat für alles, was geschieht, einen Kommentar parat. Wenn er aus dem Garten kommt, hört man ihn bis hinauf ins oberste Stockwerk. »Hier bin ich endlich!« ruft er, »ich, der wunderbare Charles. Wie müßt ihr mich vermißt haben! Stellt euch nur vor, was mir passiert ist, ihr werdet es nicht glauben ...« Er kommt in das Zimmer, in dem man sitzt, bleibt mit leicht zur Seite geneigtem Kopf in der Türöffnung stehen und wartet darauf, bewundert zu werden. »Bin ich nicht die schönste Katze im Haus?« fragt er und bebt vor Erregung am ganzen Körper. Charmant – das ist das richtige Wort für Charles.

Der General besitzt eine intuitive Intelligenz, er weiß, was man denkt und was man als nächstes tun wird. Technische Dinge und wie sie funktionieren, interessieren ihn nicht; er macht sich nicht die Mühe, einen mit seinem Aussehen zu beeindrucken. Er redet, wenn er etwas zu sagen hat, und nur dann, wenn er mit einem allein ist. »Ah«, sagt er, wenn er feststellt, daß die anderen Katzen nicht da sind, »endlich sind wir allein.« Und er gestattet ein Duett gegenseitiger Bewunderung. Wenn ich von irgendwoher zurückkomme, rennt er vom Ende des Gartens herbei und ruft: »Da bist du ja. Ich habe dich vermißt! Wie konntest du weggehen und mich so lange alleinlassen?« Er springt in meine Arme, leckt mir das Gesicht, kann sich vor Freude nicht halten und rast wie ein junges Kätzchen durchs ganze Haus. Danach wird er wieder ernst und würdevoll.

Als es Herbst wurde, hatte Rufus sich einige Monate lang wie eine starke, gesunde Katze verhalten; er hatte Freunde besucht und war manchmal ein oder zwei Tage weggeblieben. Aber nun ging er nicht mehr aus dem Haus. Er war eine kranke Katze und lag an einem warmen Platz, er war eine bedauernswerte Katze mit offenen Stellen an den Pfoten, schüttelte wegen des Geschwürs im Ohr den Kopf und trank und trank ... Zurück zum Tierarzt. Diagnose: nicht gut, sogar sehr schlecht, solche offenen Stellen sind ein schlechtes Zeichen. Mehr Antibiotika, mehr Vitamine. Rufus sollte nicht hinaus in die Kälte und Nässe. Monatelang unternahm Rufus keinen Versuch, das Haus zu verlassen. Er lag an der Heizung, und das Fell fiel ihm in großen und dicken rostfarbenen Büscheln aus. Wo er lag, und sei es auch nur für wenige Minuten, blieb ein Nest aus roten Haaren, und man konnte durch das dünne Fell die Haut sehen. Allmählich erholte er sich.

Das Unglück wollte es, daß eine andere Katze, die uns nicht gehörte, gleichzeitig Pflege brauchte. Sie war überfahren worden, hatte eine schwere Operation hinter sich und wurde bei uns gesund gepflegt, bevor sie in ihr neues Zuhause kam. Es gab zwei Katzen im Haus, um die viel Aufhebens gemacht wurde, und unseren eigenen Katzen gefiel das nicht, sie kehrten dem ärgerlichen Anblick den Rücken zu und verzogen sich in den Garten. Dann schien auch Butchkin krank zu sein. Wenn ich in den Garten oder ins Wohnzimmer kam, reckte er den Hals vor und hustete auf eine vornehme und schwermütige Weise: Das Bild edel ertragenen Leids. Ich brachte ihn zum Tierarzt, doch es fehlte ihm nichts. Ein Rätsel. Er hustete auch weiterhin. Im Garten konnte ich keine Hacke in die Hand nehmen, kein Unkraut rupfen, ohne das hohle, heisere Husten zu hören.
Wirklich sehr merkwürdig. Als ich eines Tages den armen Butchkin gestreichelt und mich nach seinem Befinden erkundigt hatte, ging ich zurück ins Haus, und mir kam ein unangenehmer Verdacht. Ich lief nach oben und beobachtete ihn durch das Fernglas. Keine Spur von Husten; er lag lang ausgestreckt auf der Erde und genoß die erste Frühlingssonne. Ich ging hinunter in den Garten, und als er mich erblickte, kauerte er sich zusammen, reckte den Hals, hustete und litt. Ich ging mit dem Glas zurück auf den Balkon: Da lag er, gähnte gelangweilt, und sein schönes schwarzweißes Fell glänzte in der Sonne. Glücklicherweise erholte sich die zweite Katze, übersiedelte in ihr neues Heim, und wir waren wieder eine Familie

mit drei Katzen. Butchkins Husten verschwand mysteriöserweise, und er erhielt einen neuen Namen: Einige Zeit war er Sir Laurence Olivier Butchkin.

Nun genossen alle drei Katzen den Garten auf ihre eigene Weise, gingen aber getrennte Wege: Wenn sich ihre Pfade kreuzten, ignorierten sie sich höflich.

An einem sonnigen Morgen sah ich auf dem hellgrünen Rasen des Nachbarhauses zwei rote Katzen. Die eine war Rufus. Sein Fell war nachgewachsen, wenn auch schütterer als zuvor. Er hockte entschlossen auf den Hinterbeinen einem sehr jungen Kater gegenüber, der ihn herausforderte. Sein Fell war hellorange wie eine Aprikose im Sonnenlicht; er war eine plüschige, fedrige Katze und teilte zuerst mit der einen, dann mit der anderen Pfote zierliche Hiebe aus. Dabei berührte er Rufus nicht, sondern – oder so wirkte es – zielte auf eine imaginäre Katze direkt vor Rufus. Der hübsche junge Kater schien im Sitzen zu tanzen, er schwankte und wiegte sich, schlug und boxte in die Luft; der leuchtende Glanz seines Fells ließ Rufus schäbig erscheinen. Sie ähnelten sich: Ich war sicher, es war ein Sohn von Rufus, und ich sah in ihm den armen, alten, heruntergekommenen Rufus, bevor ihm die Lieblosigkeit der Menschen zum Verderben geworden war. Die Szene dauerte Minuten, eine halbe Stunde. Wie es bei Katern oft vorkommt, schienen die beiden ein rein formelles Turnier oder Duell zu veranstalten, ohne die Absicht, sich gegenseitig zu verletzen. Der Junge miaute ein- oder zweimal, aber Rufus blieb stumm und unerschütterlich sitzen. Der junge Kater führte mit seinen flauschigen roten Vorderpfoten weiter Scheinangriffe aus, hörte aber dann auf und leckte sich eifrig die Seiten, als verlöre er das Interesse an der Sache. Die unerschütterliche Präsenz von Rufus erinnerte ihn an seine Pflicht zu kämpfen. Er richtete sich wieder auf, war ganz Eleganz und Pose wie eine heraldische Katze, eine Katze auf einem Wappenschild, und dann begann er seinen Schautanz von neuem. Rufus blieb still sitzen: Er kämpfte nicht, weigerte sich aber auch nicht zu kämpfen. Dem jungen Kater wurde es langweilig, und er bummelte durch den Garten: Er sprang nach Schatten, rollte sich im Gras, rekelte sich und jagte Insekten. Rufus wartete, bis er verschwunden war, und machte sich dann in seiner ruhigen Art auf den Weg – in diesem Frühjahr nicht nach rechts zu der alten Dame, sondern nach links, wo er stundenlang oder sogar über Nacht blieb. Denn es ging ihm wieder gut, und es war Frühling, die Paarungszeit. Er kam durstig und hungrig nach Hause, und das hieß, er freundete sich nicht mit Menschen an. Später im Frühling blieb er länger aus, vielleicht zwei oder drei Tage. Ich war ziemlich sicher, er hatte eine Freundin.

Die Graue, eine launische und griesgrämige Katze, war immer zu anderen Katzen unfreundlich gewesen. Vor ihrer Sterilisation war sie lieblos gegen Kater gewesen, und sie blieb selbst Katzen gegenüber feindselig, die lange Zeit im selben Haus lebten. Sie hatte keine Katzenfreunde, nur Menschenfreunde. Als sie sich zum erstenmal mit einer Katze anfreundete, war sie alt – etwa dreizehn Jahre. Damals lebte ich in einer kleinen Wohnung im obersten Stock eines Hauses, das kein Katzentürchen hatte; es gab nur die Treppe zur Haustür. Von dort ging sie zum Garten hinter dem Haus. Sie konnte die Tür aufdrücken, um hereinzukommen, mußte jedoch hinausgelassen werden. Sie begann, die Besuche eines alten grauen Katers zu dulden, der dicht hinter ihr die Treppe heraufkam, an der Wohnungstür darauf wartete, daß unsere Katze ihm erlaubte weiterzugehen, dann die Stufen hinaufstieg und oben darauf wartete, daß er aufgefordert wurde, in mein Zimmer zu kommen: Er wartete auf die Einladung der grauen Katze, nicht auf meine. Die Graue mochte ihn. Zum ersten Mal mochte sie eine Katze, die nicht ihr Junges gewesen war. Der Kater kam ruhig in mein Zimmer – in seinen Augen ihr Zimmer – und ging zu ihr. Anfangs saß sie ihm mit einem großen alten Sessel als Schutz im Rücken gegenüber: Sie traute niemandem, sie nicht! In einiger Entfernung blieb der Kater stehen und miaute leise. Wenn sie mit einem knappen, zögernden Miau darauf antwortete – denn sie war wie eine alte Frau geworden, die, ohne es zu wissen, mürrisch und übellaunig ist –, kauerte er sich etwa dreißig Zentimeter entfernt vor ihr zusammen und sah sie unverwandt an. Auch die Graue kauerte sich zusammen. So blieben sie vielleicht eine oder zwei Stunden sitzen. Später wurde die graue Katze weniger streng, und sie saßen nebeneinander, allerdings ohne sich zu berühren. Sie unterhielten sich nicht, abgesehen von den kleinen leisen Begrüßungslauten. Sie mochten sich, sie wollten beisammensitzen. Wer war der Kater? Wo lebte er? Ich fand es nie heraus. Er war alt, ein Kater, der kein leichtes Leben gehabt hatte, denn wenn man ihn hochnahm, war er wie ein Schatten, und sein Fell war stumpf. Aber er war nicht kastriert, er war ein vornehmer alter Kater, grau mit weißen Schnurrhaaren, höflich und wie ein feiner Herr. Er erwartete keine Sonderbehandlung, erwartete überhaupt nicht viel vom Leben. Er fraß ein wenig von ihrem Futter, trank etwas Milch, wenn sie ihm angeboten wurde, wirkte aber nicht hungrig. Wenn ich nach Hause kam, wartete er oft an der Haustür, miaute ganz zart und blickte zu mir auf. Dann kam er hinter mir ins Haus, folgte mir die Treppe herauf zur Wohnungstür, miaute noch einmal und kam dann die letzten Stufen hinauf in die Wohnung. Dort ging er geradewegs zu der Grauen, die bei seinem Anblick ihr verdrießliches kleines Miau hervorstieß, dann jedoch zuließ, daß er sie mit einem Schnurren begrüßte. Er verbrachte lange Abende mit ihr. Sie war verändert, weniger empfindlich und weniger schnell beleidigt. Ich beobachtete die beiden oft, wenn sie beisammensaßen wie zwei alte Menschen, die sich nicht unterhalten müssen. In meinem ganzen Leben habe ich nie sehnlicher gewünscht, mit einem Tier eine gemeinsame Sprache zu haben. »Weshalb dieser Kater?« wollte ich sie fragen. »Weshalb diese Katze und keine andere? Was hat dieser alte höfliche Kater an sich, daß du ihn magst? Denn ich nehme an, du magst ihn, das wirst du doch zugeben? All diese netten Katzen im Haus, dein ganzes Leben lang, und du hast nie eine von ihnen gemocht. Und jetzt . . .«

Eines Abends kam er nicht. Am nächsten auch nicht. Die Graue wartete auf ihn. Sie behielt den ganzen Abend die Tür im Auge. Dann wartete sie unten an der Haustür. Sie suchte im Garten. Aber er kam nicht, er kam nie mehr. Und sie freundete sich nie wieder mit einer Katze an. Eine andere Katze, ein Kater, der die Katze unten im Haus besuchte, flüchtete sich ein paar Wochen vor seinem Ende zu uns, als er sehr krank wurde, und er lebte bis zu seinem Tod in meinem Zimmer – ihrem Zimmer. Aber sie nahm ihn nicht zur Kenntnis. Sie verhielt sich, als wären nur ich und sie da.

Ich glaubte, daß Rufus eine solche Freundin hatte und daß er sie besuchte.

Eines Abends im Spätsommer blieb er bei mir auf dem Sofa, und am nächsten Morgen lag er in genau derselben Position noch dort. Als er endlich heruntersprang, hatte er beim Gehen ein schlaff herabhängendes Hinterbein. Der Tierarzt sagte, er sei überfahren worden: Man konnte das an den Krallen erkennen, denn Katzen strecken instinktiv haltsuchend die Krallen aus, wenn das Rad sie erfaßt. Seine Krallen waren abgebrochen und gesplittert. Er hatte einen schlimmen Bruch am Hinterbein.

Der Gipsverband reichte vom Fußknöchel bis zum Schenkelansatz, und Rufus wurde mit Futter, Wasser und einer Katzenkiste in ein ruhiges

Zimmer gebracht. Dort blieb er zufrieden über Nacht, wollte dann aber hinaus. Wir öffneten die Tür und sahen zu, wie er unbeholfen Absatz um Absatz die Treppe ins Erdgeschoß hinunterstieg. Er fluchte und schimpfte, als er das unbewegliche, nach hinten ragende Bein durch das Katzentürchen manövrierte und über den Gartenweg hinkte und hüpfte. Er schimpfte noch mehr, als er auf dem Weg zu seiner Freundin sich und das Bein unter dem Zaun hindurchschob. Er blieb ungefähr eine halbe Stunde: Er mußte jemandem, einer Katze oder einem Menschen, von seinem Unfall berichten. Bei der Rückkehr ließ er sich gerne wieder in sein Refugium bringen. Er wankte, stand unter Schock, und seine Augen verrieten, daß er Schmerzen hatte. Sein Fell, das während des Sommers und durch gutes Futter dicht geworden war, sah struppig aus, und er war wieder die arme alte Katze, die sich nur mit Mühe putzen konnte. Armer alter Kater. Armer Unglücksrabe! Er erhielt wie Butchkin neue Namen, allerdings waren sie traurig. Aber er ließ sich nicht unterkriegen. Er machte sich mit Erfolg daran, den Gipsverband zu entfernen, und wurde wieder zum Tierarzt gebracht. Dort bekam er einen neuen Gipsverband, den er nicht abreißen konnte, obwohl er es versuchte. Und er unternahm jeden Tag den Ausflug die Treppe hinunter zum Katzentürchen. Dort zögerte er, zwängte sich dann schimpfend hindurch, denn er stieß sich dabei immer das Bein an, das er nachzog, und wir sahen, wie er durch das herbstliche Laub und die Pfützen den Gartenweg entlanghinkte. Er mußte sich beinahe flach auf die Erde legen, um unter dem Zaun hindurchzukommen. Jeden Tag erstattete er seine Meldung, kam erschöpft zurück und schlief. Wenn er wach war, bemühte er sich, den Verband zu lösen. Dort, wo Rufus saß, war alles weiß von Gipskrümeln.

Nach einem Monat wurde der Verband abgenommen. Das Bein war steif, aber benutzbar, und Rufus wurde wieder der alte: ein galanter Kater auf Abenteuern, der uns als Stützpunkt benutzte. Dann wurde er wieder krank. Dieser Kreislauf wiederholte sich ein paar Jahre. Er wurde gesund, war unterwegs, wurde krank und kam nach Hause. Aber seine Krankheiten wurden schlimmer. Das Geschwür im Ohr heilte nicht. Er kam von irgendwoher zurück und bat um Hilfe. Er fuhr mit der Pfote vorsichtig an das eiternde Ohr, würgte vorsichtig beim Geruch der Pfote und blickte seine Pfleger hilflos an. Er stieß kleine, brummende Protestlaute aus, während wir das Ohr auswuschen, obwohl er das wollte; er nahm seine Medikamente, lag herum und ließ zu, daß es ihm unter unserer Obhut wieder besser ging: ein zäher, muskulöser Körper, trotz seiner Leiden war er ein starker alter Kater. Erst am Ende seines Lebens, seines viel zu kurzen Lebens, als er sehr krank war und kaum noch laufen konnte, blieb er zu Hause und versuchte nicht mehr hinauszugehen. Er lag auf dem Sofa, und wenn er nicht schlief, schien er zu denken oder zu träumen. Einmal streichelte ich ihn wach, um ihm seine Medizin zu geben, und er erwachte mit diesem zutraulichen, liebevollen Gurren, mit dem Katzen die Menschen und Katzen begrüßen, die sie lieben. Als er sah, daß ich es war, wurde er der normale, höfliche und dankbare Rufus, und ich begriff, daß ich nur dieses eine Mal diesen besonderen Laut von ihm gehört hatte – und das in einem Haus, in dem Rufus den ganzen Tag zu hören war. So begrüßen Katzenmütter ihre Jungen, und die Jungen ihre Mütter. Hatte er von seiner Zeit als Kätzchen geträumt? Oder vielleicht von dem Menschen, dem er als kleine oder als junge Katze gehört hatte, der aber wegging und ihn alleinließ? Dieses sanfte Gurren schmerzte mich und versetzte mir einen Stich, denn Rufus hatte es selbst dann nicht hervorgebracht, wenn er wie eine Maschine schnurrte, um seine Dankbarkeit zu zeigen. In all der Zeit, die er uns kannte, beinahe vier Jahre lang, während wir ihn mehrmals gesund oder beinahe gesund pflegten, hatte er nie wirklich glauben können, daß er dieses Zuhause nicht verlieren würde, und er befürchtete, daß er sich dann wieder allein durchschlagen müßte; er hatte nicht glauben können, daß er nicht wieder eine Katze werden würde, die der Durst beinahe verrückt werden ließ, und die unter der Kälte litt. Sein Vertrauen in einen Menschen, in seine Liebe war so schrecklich enttäuscht worden, daß er sich nie mehr erlauben konnte, noch einmal zu lieben.

Die Bekanntschaft mit Katzen, ein Leben mit Katzen hinterläßt ein Leid, das sich sehr von dem Leid unterscheidet, welches man wegen einem Menschen empfindet – eine Mischung aus Schmerz über ihre Hilflosigkeit und über unser aller Schuld.

208

El Magnifico am Ende seiner Tage

EINE WOCHE BEVOR MAN UNSEREM KATER sein Vorderbein oder besser seinen ganzen Schenkel abnahm, stürmte er sieben Treppen hinunter, dann mit lautem Krach durch die Katzentür und über den Gartenpfad bis zum Zaun am Ende, um den riesigen grauen Kater zu verjagen, der unsern Garten vom Wasserreservoir gegenüber besucht. Sein schrilles Unmutsgeheul war so kräftig, daß ich, nachdem er ruhig und siegesbewußt zu meinem Bett im obersten Geschoß des Hauses zurückgekehrt war, sich setzte und sein Herrschaftsgebiet überblickte, das nun von allen Katzen außer ihm frei war, und dann über den Zaun hinsah zum weiten grünen Feld, unter dem das Wasserreservoir lag – die Viktorianer verlegten ihr Wasser unter die Erde –, daß ich zu ihm sagte, wie immer von seiner Stimmgewalt beeindruckt: Aber Butchkin, guter Gott! Dieses Geheul ist ja nicht auszuhalten!

Butchkin? Nicht Seine Magnifizenz? Es war so. Eines Frühlings vor siebzehn Jahren brachte eine Katze namens Susie in dem Dachwinkel neben meinem Zimmer ihre Jungen zur Welt. Sie war eine freundliche, wohlerzogene Katze, mußte also ein gutes Zuhause gehabt, es aber verloren haben, und als Streunerin, manchmal von den Damen des Lunch Centers gefüttert, manchmal nicht, hatte sie mindestens zwei Würfe Junge auf die Welt gebracht, wo immer sie ein Plätzchen finden konnte – einmal unter einem Lastwagen –, und diese Jungen hatten nicht überlebt. Sie war keine alte Katze, doch sie war müde und verängstigt. Katzenmütter, die viele Würfe hinter sich haben und nicht von freundlichen Besitzern durch eine Operation davor bewahrt worden sind, reagieren auf ihren riesigen Bauch, der sich unter der lebhaften Last in seinem Inneren krümmt und bläht, vielleicht mit deutlichem Überdruß. »O nein, muß ich das alles noch einmal durchmachen?« Diese Katze bekam Futter, Sicherheit, ein Platz im Dach, dem sich keine andere Katze nähern konnte, doch sie war eine widerwillige, wenngleich pflichtbewußte Mutter.

Wenn Kätzchen zum erstenmal ihre kleinen verschleierten bläulichen Augen aufschlagen und die über ihnen aufragenden Menschen erblicken, fauchen sie vielleicht herausfordernd, bevor sie umgängliche Katzen werden, aber unter Susies Jungen war ein schwarz-weißer Winzling, der seine Augen aufschlug, mich erblickte, unsicher von der alten Decke auf dem Boden kroch ... dann bis an mein Bein ... am Bein hinauf ... am Arm ... auf die Schulter ... sich mit seinen winzigen Krallen festklammernd, bis er unter mein Kinn gelangte und sich dort schnurrend zusammenkuschelte.

Das war Liebe, und fürs ganze Leben. Er war das größte Kätzchen, der Boß, und übernahm von Anfang an das Kommando über alle, leckte sie sogar und rief sie zur Ordnung, während seine große Mutter ausgestreckt dalag und zusah. Er war zu diesen Kätzchen wie ein Vater oder auch wie eine Mutter. Susie schien ihm weder mehr Aufmerksamkeit zu schenken als den anderen noch seine Herrschsucht zu mißbilligen.

Die Geburt dieser Kätzchen umgibt etwas Rätselhaftes. Es waren sieben. Eines davon, ein weißes – und es tut weh, sich vorzustellen, welch eine schöne Katze es geworden wäre, verstieß die Mutter aus dem Nest, und es wurde zwei Tage später tot aufgefunden. Möglicherweise war es tot geboren worden, doch das ist unwahrscheinlich, weil alle anderen so lebhaft waren. Und auch ein zweites, ein getigertes, verstieß sie. Ich ließ es einen halben Tag lang liegen, ohne Wärme und ohne Futter, den ich dachte, ich müsse aufhören, sentimental zu sein und mich über die Auslese der Natur zu grämen: wenn sie es verstoßen hatte, wie konnte ich – usw., aber ich ertrug es nicht, sein schwaches Maunzen zu hören, und ich legte es zu den anderen zurück, und die sechs Kätzchen gediehen. Susie freilich hatte diesem Kätzchen gegenüber eine zwiespältige Haltung. Sieben, hatte sie offensichtlich gedacht, waren zuviel, auch sechs noch. Sie war nicht darauf vorbereitet gewesen, mehr als fünf Kätzchen zu bemuttern, und wenn man die sechs in meinem Zimmer herumtollen sah, konnte man ihr sicher recht geben.

Ich will damit sagen, diese Katze konnte zählen, und wenn sie nicht eins, zwei, drei, vier, fünf dachte, dann kannte sie den Unterschied zwischen fünf und sieben. Die meisten Wissenschaftler würden sich darüber streiten, davon bin ich überzeugt. Das heißt, als Wissenschaftler würden sie streiten, aber als Katzenbesitzer wahrscheinlich nicht. Es ist interessant, einen befreundeten Wissenschaftler zu beobachten, wenn er über Fähigkeiten von Katzen spricht, die er als Wissenschaftler bestreiten würde. Seine Katze sitze immer am Fenster und warte, daß er nach Hause komme, sagt er, wenn er aber wissenschaftlich wird, sagt er, Tiere hätten kein Zeitgefühl und lebten in einem ewigen Jetzt. Er geht vielleicht noch weiter und sagt, die Katze sei nicht da, wenn man ihn nicht erwarte, doch das führt ihn in Regionen, die er unerträglich findet. Tatsache ist, daß jeder aufmerksame, sorgsame Katzenbesitzer mehr über Katzen weiß als die Leute, die sie beruflich studieren. Ernsthafte Informationen über das Verhalten von Katzen und anderen Tieren findet man oft in Zeitschriften, die »Cat News« oder »Pussy Pals« heißen, und kein Wissenschaftler würde im Traum daran denken, sie zu lesen. Man findet dort Geschichten wie diese: eine Katze auf einem Bauernhof, der ihre Jungen bis auf eines nach der Geburt jedesmal weggenommen wurden, überraschte ihre Besitzer, als sie nach vielen Würfen nur noch ein Junges zur Welt brachte. Die Leute hielten das für taktvoll, aber die Katze hatte ihre Jungen nacheinander ins Dachgeschoß getragen, nährte sie dort insgeheim weiter, während sie scheinbar ihre Zeit mit dem einen erlaubten Jungen verbrachte. Der Bauer und seine Frau, die das Rumoren im Dachgeschoß hörten, entdeckten das schlaue Täuschungsmanöver ihrer Katze – und es wäre schön, wenn man sich vorstellen könnte, daß sie für die Kätzchen ein hübsches Heim suchten und ihre arme Katze kastrieren ließen.

Susie schien erfreut, in ihrem herrschsüchtigen Katerchen einen bereitwilligen Helfer gefunden zu haben, doch auch hier war ihr Verhalten zwiespältig. Der schwache Punkt dieses Katers war, daß er oft hustete oder irgend etwas seine Kehle zu reizen schien. Seine Mutter ging zu ihm, setzte sich und nahm seinen Hals zwischen ihre großen Kiefer. Wenn sie ihren Rachen schloß, würde sie das Kätzchen umbringen, aber nein, sie hielt ihr Junges eine Minute lang, eine weitere Minute, und ich fragte mich, ob es einen Nerv oder Druckpunkt gab und ob sie wußte, wie man das Würgen und Husten stoppen konnte. Der Husten hörte auf, wenn auch nicht auf der Stelle. Später, als das Kätzchen ausgewachsen war und hustete, machte ich das, was Susie gemacht hatte, und umklammerte seinen Hals mit den Fingern, wie sie es mit ihrem Kiefer getan hatte. Nach einer Weile hörte das Husten auf.

Dieses Katerchen war größer als die anderen, und wir nannten es im Scherz Butch, denn es war lächerlich, weil dieses winzige Geschöpf, dieses Knäuel von einem Kätzchen, der freundliche Tyrann der Kätzchenschar wurde. Wir hatten vor, den Namen aufzugeben, diesen langweiligen, einfallslosen Namen, auf den die Hälfte der Kater im Land und auch Hunde hörten, Butch, Big Butch, aber der Name blieb ihm, wenn auch in erster Linie, weil er noch ein Kätzchen war, abgeschwächt zu Butchkin und dann Puschkin oder Pusskin, Pusscat, Puschka – alle Varianten der psspsch-puss-Laute, die aus irgendeinem Grund zum wirklichen Wesen einer Katze zu passen scheinen. Man würde eine Katze niemals Rover, Streuner, nennen, obwohl sie vielleicht weiter umherstreift als ein Hund. Die Ehrennamen, die er sich verdiente, unter denen El Magnifico nur einer war, sind besonderen Anlässen vorbehalten, so wenn er vorgestellt wird. »Wie heißt er?« – »General Rotnase der Dritte« – denn er ist nicht die erste Katze, deren winzige rosige Nase in einem bestimmten Licht, in einer Pose ganz liebenswert dem eindrucksvollen Aussehen des Tieres zu widersprechen schien. Was für eine schöne Katze, sagt der Besucher, irritiert von der Vorstellung, daß wir den vollen Namen in den Garten rufen oder auch nur: »General! Wo steckst du?« Es gibt ein paar Namen, die nichts mit dieser bestimmten Katze zu tun haben, sondern damit, was die Besitzerin mit Katzen erlebt hat. Aber El Magnifico paßt am besten zu ihm, weil er wirklich ein Grande ist, eine grandiose Katze.

Er war ein geschmeidiger und hübscher, schwarz-weißer junger Kater, und er und sein Bruder, ein Tiger, waren ein hübsches Paar, doch El Magnifico mußte zu seiner vollen Pracht heranwachsen, aufregend schwarz und weiß, damit man sich ehrfürchtig sagte, daß dieses Wesen, diese Magnifizenz, sich aus einer Feld-Wald-Wiesenkatze entwickelt hatte, aus der gewöhnlichen Londoner Hauskatze, Ergebnis vielhundertjähriger zufälliger Paarungen – oder die sich um einen Stammbaum nicht scheren – zwischen Durchschnittsmiezen und Etagentigern, zwischen schwarzen Katzen und schwarz-weißen Katzen und getigerten und rötlich-braunen und Schildpattkatzen, und das Ergebnis ist schlicht eine gewöhnliche schwarze und weiße Katze – was konnte alltäglicher sein als das? –, und doch, wenn er in Hochform war, konnte es geschehen, daß Besucher ins Zimmer kamen, wo er ausgestreckt lag, ein riesiges, gebieterisches Tier, eine Harlekinade aus Schwarz und Weiß, und sie hielten inne und riefen: »Welch eine wundervolle Katze« und dann nicht glauben konnten, daß dieses Tier bloß eine normale Hauskatze war. »Aber was für eine Rasse?« – »Ach, er ist bloß eine gewöhnliche Katze.«

Vierzehn Jahre alt und bei bester Gesundheit, aber da war diese Geschwulst an seiner Schulter. Er mußte zum Tierarzt. Krebs des Schulterbeins. Jetzt mußte das Vorderbein amputiert werden, genauer gesagt, der gesamte Schenkel mitsamt der Schulter.

Die Menschen traf ein Schock. *Diese* Katze eine dreibeinige Katze? Diese Schande würde er gewiß nicht ertragen. Doch der Tag war festgesetzt, und El Magnifico, der sich in den höchsten Tönen beklagte, denn er hatte nie zu den stummen Duldern gehört, wurde zu einem berühmten Katzenchirurgen gefahren und dort der Obhut einer Schwester überlassen.

Man versicherte uns, er werde mit drei Beinen vorzüglich zurechtkommen. Er müsse einige Tage bei ihnen bleiben, um sich zu erholen. Allein das mußte für ihn schon schwer erträglich sein, den er hatte sein ganzes Leben in dem Haus zugebracht, wo er geboren wurde. An jedem anderen Ort klagte und jammerte er. Man muß zugeben, daß unser Kater hin und wieder babyhafte Züge aufweist. Man brauchte ihn bloß mit seiner Mutter Susie zu vergleichen, deren hartes Leben sie zu einer tapferen und gleichmütigen Katze gemacht hat. Oder mit dem Kater, den wir vor ein paar Jahren pflegten, Rufus, der, um überhaupt zu überleben, schlau und gerissen sein mußte. Nein, hier gab es, wie bei vielen Menschen, einen Widerspruch: Butchkin war und ist es noch stolz, klug, die einfühlsamste Katze, die mir je begegnet ist, doch wie manche Leute, die niemals um ihr tägliches Brot oder um ihren Platz in der Welt kämpfen mußten, hat er eine weiche Stelle. Und im Inneren dieses großen, stattlichen Tiers verbirgt sich noch eine weitere überraschende Persönlichkeit: er ist zuweilen theatralisch, ein Schauspieler von der altmodischen Sorte, der alle Register zieht, um unerhörte Gefühlsausbrüche darzustellen. Wenn er das Gefühl hat, daß man keine Notiz von ihm nimmt oder er nicht bekommt, was ihm zusteht, läßt er uns das wissen, und manchmal müssen seine Menschenfreunde, von Lachen überwältigt, rasch ins Nebenzimmer gehen, weil er so komisch ist; aber natürlich lassen wir nicht zu, daß er uns lachen sieht, denn diese Beleidigung würde er nie verzeihen.

Als wir ihn beim Arzt zurückließen, miaute er gewiß nicht, um Eindruck zu machen. Er mußte hungern, dann bekam er Injektionen, und dann wurde ein großer Teil seines Körpers rasiert. Wir erfuhren, die Operation sei erfolgreich verlaufen, und jetzt war er eine dreibeinige Katze. An jenem Morgen hatte er ausgestreckt auf meinem Bett in der Sonne gelegen, eine lange Pfote elegant über die andere gelegt, und ich hatte das Bein gestreichelt, das bald nicht mehr da sein würde, und die Pfote liebkost, die sich öffnete, um meinen Finger aufzunehmen, den ich hineinschob, wie ich es getan hatte, als er ein Kätzchen war, dessen winziges Pfötchen sich um meine Fingerspitze krümmte. Es war unerträglich, daß man das pelzige Glied in einen Verbrennungsofen werfen würde.

Wir riefen ständig in der Klinik an, man versicherte uns, er fresse, ja es gehe ihm gut, aber er müsse ein paar Tage dableiben. Und dann riefen sie an und sagten, sie hielten es für das Beste, wenn wir ihn nach Hause holten, denn er vertrage es nicht, eingesperrt zu sein, er versuche an den Seiten seines Käfigs hochzuklettern und – ja, wir konnten uns vorstellen, wie sein ohrenbetäubendes Heulen auf die Nerven der Schwestern wirkte.

Man sagte uns, wir sollten ihn in einen Raum mit einer fest verschlossenen Tür unterbringen und dürften ihn eine Woche nicht herauslassen, wegen der Stiche in dieser schrecklichen Wunde und der Infektionsgefahr. Wir brachten ihn nach Hause, und er schrie den ganzen Weg. Er war eine empörte Katze. Seine Freunde, seine Familie und besonders die Freundin, auf deren Bett er schlief und die ihn sein Leben lang verehrte, hatte ihn in einen Korb gesteckt, den er haßte und über den er seine Ansichten stets nachdrücklich geäußert hatte, doch es war eine längere Reise, als er je eine hatte erdulden müssen, und er war umgeben gewesen von fremdartigen Stimmen und Gerüchen, und man hatte ihn hinuntergetragen an einen unterirdischen Ort, der stark nach unfreundlichen Katzen roch, und dort war er eingeschlossen worden, seine Familie war plötzlich nicht mehr da, und man stach Nadeln in ihn und schnitt ihm das Fell ab, und dann wachte er auf, sehr verärgert, sehr schwach und eines seiner Beine war verschwunden, und er fiel aufs Gesicht, wenn er zu gehen versuchte. Und

jetzt trugen ihn diese angeblichen Feunde in seinem eigenen Haus nach oben, dessen Treppe er sein Leben lang hinauf- und hinabgeflitzt war und, als hätten sie ihn nicht hintergangen, streichelten und liebkosten sie seine gesunde Schulter.

Oben im Haus, bevor wir die Tür hinter ihm schließen konnten, riß er sich aus dem Arm dessen, der ihn trug, und warf sich alle sieben Treppenstufen hinunter, rollte, fiel, kugelte abwärts, so gut er konnte. An der Katzenklappe zum Garten holten wir ihn ein und trugen ihn in den Garten und legten ihn auf eine Decke unter einen Busch. Er hatte Angst, abermals eingeschlossen, eingesperrt zu werden. Und obwohl seine große Wunde erst ein paar Tage alt war, kroch er durch den Garten, durch den

Zaun nebenan und dann zum Zaun am Ende des Gartens. Es sah aus, als wollte er sich vergewissern, daß er, wenn nötig, entfliehen konnte, weg von diesen Leuten, die ihm diese schrecklichen Beleidigungen und diese Wunde zugefügt hatten. Am Abend brachten wir ihn herein, schlossen ihn ein, fütterten ihn, gaben ihm Medizin, sprachen mit ihm, aber er wollte raus, und während der nächsten Tage trug ich ihn jeden Morgen mit einer Schale Wasser zu seinem Busch, und ich ging hinaus, um ihn zu bemitleiden, zu streicheln und zu beruhigen. Er war höflich. Eines Tages, als ich ihn jaulen hörte wie noch nie zuvor, sah ich hinaus, und er balancierte auf seinen drei Beinen, und er hob den Kopf, um zu jaulen. Das war kein Theater, sondern kam aus tiefstem Herzen, ein Schrei der Qual, und als er die Spannung gelöst hatte, den Schmerz, die Verblüffung, die Schande seines fehlenden Beins, legte er sich für eine Weile hin, doch dann raffte er sich auf und heulte wieder. Das Heulen ließ mein Blut erstarren, machte mich rasend vor Niedergeschlagenheit, denn er durchlebte einen Albtraum, den er nicht begreifen und den ich ihm nicht erklären konnte.

»Katze, wenn wir das nicht mit dir gemacht hätten, wärst du binnen einiger Monate tot gewesen – verstehst du das?« Nein, natürlich nicht. »Katze, aufgrund der verblüffenden Schlauheit der menschlichen Rasse bist du am Leben und nicht tot, wie du es in der Natur sein würdest.«

Ich brachte ihn hinauf, damit er auf meinem Bett schlafen konnte, und bald kroch er die Treppe selber hinauf. Eines Nachts – ich war wach und las, und er schlief – schreckte er, wie es auch uns passiert, aus dem Schlaf auf, aus einem Traum, und er stieß einen erschrockenen Schrei aus, blickte sich um, wußte nicht, wo er war – vielleicht war er wieder in seinem Käfig gefangen? –, doch dann wurde der Albtraum schwächer, und er legte sich friedlich hin und blickte hinaus in die Nacht hinter den großen Fenstern. Ich streichelte ihn, und er schnurrte nicht, ich streichelte und streichelte, und endlich schnurrte er. Mehre Male erwachte er plötzlich auf meinem Bett aus einem bösen Traum, und dann – die Zeit verging – hatte er, glaube ich, keine schlimmen Träume mehr. (Daß Katzen träumen, hat die Wissenschaft bestätigt.)

Doch ich erinnerte mich an eine frühere Kränkung. Als er und sein Bruder im richtigen Alter waren, junge Kater, aber noch nicht ganz ausgewachsen, wurden sie zum Kastrieren gebracht, nach Hause geschafft und jeder für sich auf ein dünnes, weiches Kissen gelegt, wo sie ausgestreckt lagen, die Schwänze hinter sich ausgestreckt, und diese Katze, mein Butchkin, mein Magnifico, hob den Kopf und sah mich an, und nie war etwas eindeutiger als dieser lange, tiefe Blick: Du bist meine Freundin, und trotzdem hast du mir das angetan. Denn unter seinem Schwanz war eine blutige Wunde, seine kleinen pelzigen Katzenhoden waren weg, und nur ein leerer Sack war zurückgeblieben. Ja, natürlich, es mußte gemacht werden: Aber es ist sinnlos sich zu sagen, daß ein kastrierter Kater länger lebt als ein normaler Kater, daß er sich nicht kämpfend in der Nachbarschaft herumtreibt und nicht mehr zerhauen und zerbissen wird, weil der Augenblick, wo man einverstanden ist, daß ein normaler Kater kastriert und auf ein hodenloses Leben reduziert werden muß … nun, es ist ein schlimmer Augenblick, und einzusehen, daß es vernünftig ist, mindert die elementare Schuld nicht: Dieser Kater ist weniger Katze als vorher, und es ist meine Schuld.

Der lange, lange Blick, Vorwurf und Frage: »*Warum*, wenn du meine Freundin bist?« Bald sprang er, genau wie es der Tierarzt vorhergesagt hatte, leichtfüßig mit seiner einen Pfote treppauf und treppab, auf das Bett und die Sofas und hinunter, doch er war nicht mehr derselbe. Er war gedemütigt, sein Stolz, das empfindlichste Organ einer Katze, war verletzt worden. Seine Würde war verletzt, weil er humpelte, und er mußte sich, genau wie wir, gewiß jedesmal, wenn er sich verschätzte und auf die Nase fiel, an seine herrischen, unbekümmerten Spaziergänge erinnern. Was früher sein Vorteil gewesen war, seine Größe, geriet ihm jetzt zum Nachteil, denn sein verbliebenes Vorderbein, dieses schlanke Glied, trug sein ganzes Gewicht, und das Schultergelenk schwoll an und wurde bucklig. Der Tierarzt sagte, unter dem Fleisch sammle sich Wasser, und wenn sich tief verborgen im Gelenk etwas Schlimmes verberge, so werde es seine Zeit brauchen. Es bestehe nur eine Chance von zehn Prozent, daß der Krebs wiederkehre.

Fast drei Jahre sind vergangen. Der Kater hat dieses besondere Leben gemeistert. Er hat sich wacker geschlagen. Sein Fell glänzt. Er ist ein prächtiger bejahrter Kater mit einer Spur Grau an einem Ohr. Seine Augen sind hell. Er bewältigt sein eingeschränktes Leben, indem er ebenso sorgsam seine Fähigkeiten und die Risiken einschätzt wie Menschen, die ein Glied verloren haben, die behindert sind: Das beobachtete ich zum erstenmal an meinem Vater, der im Krieg ein Bein verloren hatte.

Aber El Magnifico ist einsam. Er war an einen Haushalt mit Katzen gewöhnt. Für die sechs Kätzchen seiner Mutter war das ganze Haus ein Spielplatz, bevor sie ihre eigene Heimat fanden. Ein Kater, Charlie, blieb eine Zeitlang. Er war ein hübscher, verwegener Tiger mit allen Eigenschaften eines jüngeren Bruders, und ihn zusammen mit dem großen, ruhigen, beherrschenden Butchkin zu beobachten, war besser als ein Lehrbuch über geschwisterliche Beziehungen. Dann kam Rufus, der so krank war und viel Pflege brauchte, aber dennoch versuchte, den Chef zu spielen; und als Butchkin das nicht zulassen wollte, lebten die beiden Kater zwei getrennte Leben und nahmen keine Notiz voneinander. Doch als Rufus starb, vermißte ihn Butchkin, rief nach ihm, suchte überall im Haus und Garten nach ihm. Fortwährend kamen Katzen in unser Haus. Eine, die wir etwa ein Jahr fütterten, weil sie offensichtlich ein schlimmes Zuhause gehabt hatte und unser Haus vorzog, wurde überfahren, und eine schwierige Operation war nötig, an der zwei Tierärzte und zwei Schwestern beteiligt waren, weil der Autoreifen die Organe in den Brustkorb gedrückt hatte. Für sie fanden wir ein gutes Zuhause, und sie lebte noch fünf Jahre. Einen Kater nannten wir »Der Pirat«, weil er wie ein Plünderer in unser Haus kam. Er war offensichtlich miserabel gefüttert worden, denn er konnte nie an Futter vorübergehen, ohne es aufzufressen, bis auf den letzten Bissen, immer hungrig. Butchkin pflegte dazusitzen und ihm beim Fressen zuzuschauen. Butchkin hatte nie gehungert, kennt den Gedanken nicht, daß es nach diesem Essen vielleicht kein zweites geben könnte; folglich frißt er mäßig, entschließt sich vielleicht, einen vollen Napf ganz stehen zu lassen oder nur halb aufzufressen. Dieser riesige Kater, dieses große, schwere Tier, ist nie ein gieriger Esser gewesen: es sind seine Gene, denn seine Mutter war eine große, massige Katze.

Doch im Augenblick gehen keine Katzen ein und aus, klettern nicht am Fliederstrauch an der Rückseite des Hauses hinauf, um uns zu besuchen oder um etwas zu trinken oder zu fressen zu betteln. Weil wir in diesen Tagen wärmeres, trockeneres Wetter haben, suchen Katzen oft nach Wasser, und die Schale, die ich auf die Vordertreppe stelle, wird häufig von Katzen aufgesucht, die den Tag über von Zuhause ausgesperrt oder die auf ihren Streifzügen sind. Es gibt jetzt keine Katzen, die unser Heim als das ihre ansehen, es ist bloß diese verkrüppelte Katze im Haus, und das ist sicherlich sonderbar. Warum gehen sie nicht ein und aus, wie sie es immer taten? Der Tierarzt sagte, das Hauptproblem unserer Katze würden die anderen Katzen sein, weil er sich nicht verteidigen könne, mit nur einer Pfote. Aber er vermißt die anderen Katzen.

Er geht in den Garten hinaus, sitzt da und ruft und ruft ... dieser Ton ist anders als alle Töne, mit denen er uns ruft. Es hört sich schmeichelnd an, verschmust, eindringlich. Nebenan wohnt eine junge Katze, die ihrem Besitzer Kummer macht, weil sie Amseln und Rotkehlchen jagt. Sie ist alles andere als schön, nicht einmal hübsch. Ihr Fell ist grob, von bräunlicher Farbe, und sie ist muskulös und untersetzt. Sie hat weder Anmut noch Liebreiz, aber sie ist eine tödliche Jägerin, und die Bewegung, mit der sie sich rasch ihrer Beute nähert, ähnelt der einer Schlange, elegant und hurtig. Natürlich sind wir der Ansicht, sie sei für unsere schöne Katze nicht gut genug, aber er will sie zur Freundin haben und sitzt da und ruft, starrt ihr Haus an, ruft abermals, aber sie läßt sich nicht blicken, also zwängt er sich unbeholfen durch die Katzentür und schleppt sich die Treppe hinauf.

Vermutlich denkt sie: Was soll ich mit diesem alten verkrüppelten Kater anfangen?

Eines Nachmittags stand ich auf dem Balkon und beobachtete diese Szene: Unser Kater ist im Garten und jault, und die Katze von nebenan kommt durch den Zaun, beachtet ihn aber nicht. Sie schreitet gleichgültig an ihm vorbei. Er stößt leise, freundliche Töne aus, dieselben, mit denen er uns zu begrüßen pflegt. Sie geht weiter, durch den Zaun an der anderen Seite. Er folgt, zwängt sich mühevoll durch eine schmale Lücke. Sie nimmt unter der Birke auf der anderen Seite des Gartens Platz, ihm zugewandt, blickt aber an ihm vorbei. Er sitzt achtsam ein paar Schritte entfernt. Die zwei Katzen sitzen da, in einer Art Einverständnis. Dann versucht unser Kater sein Glück und bewegt sich vorsichtig ein paar Katzenschritte näher. Hastig weicht sie um die gleiche Entfernung zurück. Er sitzt, balanciert auf seinem Vorderbein und seinem Hinterteil. Sie leckt sich ein bißchen. Diese offenherzige Katze ist ohne Koketterie, sie verachtet weibliche Tricks, ganz anders als Graufell, deren Leben schon so weit in der Vergangenheit liegt: sie flirtete, lockte und verführte die Menschen wie die Kater. Butchkin beobachtet sie. Dann macht er einen weiteren Vorstoß, nicht direkt auf sie zu, sondern schräg abgesetzt, und nimmt wieder Platz, jetzt näher. Sie reagiert nicht. Beide sitzen da, sie leckt sich oder schaut umher oder rührt eine Pfote, um einen Käfer oder etwas auf dem Boden in ihrer Nähe anzustubsen. Er miaut leise, einmal, zweimal. Von ihr keine

Antwort. Dann, nach ungefähr einer Viertelstunde, geht sie an ihm vorbei, ganz nah und setzt sich neben ihn, doch mit dem Rücken zu ihm, und blickt in den verwilderten Teil des Gartens. Er verändert seine Stellung, um in die gleiche Richtung zu blicken. Abermals miaut er, einladend, verlockend. Sie trollt sich bedächtig in den wilden Garten, wo sie unsichtbar wird, obgleich die Gräser sich wellen, durch die sie sich bewegt. Sie springt auf den Zaun, wo er zu hocken pflegte, um die Eichhörnchen und Vögel zu beobachten, ein Platz, den er jetzt nicht erreichen kann. Dann ist sie fort auf der großen grünen Ebene des Wasserreservoirs, deren Gras frisch gemäht worden ist. Er ruft ihr nach, und dann kommt er ins Haus, langsam die Treppe hinauf... Sie fallen ihm schwer, unsere vielen, vielen Treppenstufen.

Er mußte sie jedesmal bewältigen, wenn er in den Garten mußte, um sein Geschäft zu verrichten, und ich fragte mich, ob ihm ein Katzenklo behagen würde, doch ich fand, diese unabhängige Katze könnte das beleidigend finden. Dann wurde klar, daß es für ihn zuviel wurde, und darum hat er jetzt ein Katzenklo. Manchmal versucht er, nach draußen zu kriechen, doch das bereitet ihm Schmerzen in seiner knotigen und geschwollenen Schulter.

Unmittelbar nach der Amputation spannten und strafften sich beim Stuhlgang die Muskeln unter der glatten schwarzen abfallenden Haut, wo vorher seine Vorderschulter gewesen war, als er versuchte, den Kot einzuscharren. Er machte weiter, sah dann nach, was passierte, versuchte es abermals mit diesen Muskeln, die früher das Bein bewegt hatten. Und dann – sah er verdutzt und verlegen aus. Er warf mir einen Blick zu, als wollte er sagen, er hoffe, daß ich seine albernen Bemühungen nicht bemerkt hätte. Er gab den Versuch auf, seinen Kot einzuscharren. Jetzt braucht er lange, um sich auf seinen drei Beinen in die richtige Stellung zu bringen, damit er in sicherem Gleichgewicht ist.

Sein Lieblingsplatz ist ein niedriges Sofa im Wohnzimmer, das er bequem erklettern und verlassen kann. Dort ist auch eine niedrige Bank vor einem Heizkörper, und dort läßt er sich nieder, so daß die Wärme direkt auf seine schmerzende Schulter trifft. Früher schlief er immer auf meinem Bett, doch jetzt kommt er die zwei engen und steilen Treppen nicht mehr hinauf. Ich vermisse ihn. Wenn ich aufwache, sehe ich ihn nicht mehr, wie er ausgestreckt mit glitzernden gelben Augen in die Nacht starrt, höre seine freundlichen kleinen Töne nicht mehr, die meine Tage begleiten, wenn ich in ein Zimmer gehe oder es verlasse. Welch ein Repertoire er hat! Das Schnurren und halbe Schnurren des Willkommens, die Rufe der Begrüßung, das leise Murren, mit dem er eine Situation gutheißt oder sich bedankt oder mich warnt, ich bin hier, sei vorsichtig, achte auf meine Schulter. Manchmal ist das, was er sagt, nicht so angenehm. Er sitzt vor mir, starrt mich durchdringend an und stößt dann eine Reihe lauter zorniger Miaus hervor, alle im gleichen Tonfall. Eine Anklage? Ich weiß es nicht.

Als er eine junge Katze war, merkte ich beim Erwachen, daß er fort war, und dann, wenn er sah, daß ich munter war, kam er auf mein Bett, legte sich an meine Schulter, schloß seine Pfoten um meinen Hals, legte seine Wange gegen die meine und stieß diesen tiefen Seufzer der Zufriedenheit aus, wie man ihn von einem kleinen Kind hört, wenn es endlich in liebevolle Arme gehoben wird. Und ich hörte mich mit einem Seufzer antworten. Dann schnurrte und schnurrte er und schlief in meinen Armen ein.

Welch ein Reichtum doch eine Katze ist: die Augenblicke unerhörter plötzlicher Freude an einem Tag, das Tier zu fühlen, die weiche Geschmeidigkeit unter deiner Handfläche, die Wärme, wenn du in einer kalten Nacht erwachst, die Grazie und der Zauber, über den selbst eine ganz gewöhnliche, alltägliche Katze verfügt. Eine Katze geht durch dein Zimmer, und in diesem einsamen Schreiten erkennst du einen Leoparden oder sogar einen Panther, oder sie wendet den Kopf, um deinen Gruß zu erwidern, und das gelbe Feuer der Augen verrät dir, welch einen exotischen Besucher du in diesem Hausfreund hast, in der Katze, die schnurrt, wenn du sie streichelst, ihr Kinn reibst oder sie am Kopf kratzt.

Im Zimmer unter meinem Schlafzimmer gibt es ein Bett, es ist ein Hochbett, doch ein Stapel von Kissen und Decken macht es ihm leicht, hinaufzuklettern und wieder herunter. Sein Reich ist jetzt das Wohnzimmer, mit Ausflügen in die Küche und auf das kleine, flache Dach davor, und zum Obergeschoß, wo auf dem Treppenabsatz sein Katzenklo steht.

Er läßt sich gern am ganzen Körper bürsten, langsam und behutsam, denn dort, wo seine Vorderpfote war, wird das Fell struppig und verfilzt. Er hat es gern, wenn ich ihn durchknete und massiere und ihm vom Nacken bis zum Schwanz mit kräftigem Druck das Rückgrat reibe. Ich wasche ihm die Ohren und Augen, denn eine Pfote ist dafür nicht so gut wie zwei. Und er leckt mir die Hand, die für ein paar Augenblicke eine Pfote wird, so daß ich damit das Auge auf der Seite reiben kann, die er nicht erreicht, wieder und wieder, denn sein Speichel ist wie der unsere heilsam und hält das Auge gesund.

Manchmal, wenn er zu lange auf dem Sofa gelegen hat, kann er es nur unter Schwierigkeiten wieder verlassen, weil er steif geworden ist, wie es auch mir ergeht, wenn ich lange still sitze, und dann humpelt er nicht einmal, sondern kriecht unter Schmerzen und ein niedergeschlagenes Miau ausstoßend zu seinem anderen Fleckchen, wo die Heizkörperhitze seine alten Knochen lockern kann.

Er hält sich nicht schlecht, dieser alte Kater mit drei Beinen, und Leute, die ins Zimmer kommen, bleiben stehen und rufen: Welch eine prächtige Katze! – doch dann, wenn er aufsteht und forthumpelt, verstummen sie, besonders dann, wenn sie ihn als junge Katze gesehen haben, die stolz aus dem Zimmer schritt, oben auf ihrem Korb lag – auf den er jetzt nicht mehr springen kann –, die Pfoten lässig vor sich gekreuzt, mit langem schlagendem Schwanz, den ruhigen, unergründlichen Augen.

Wenn du bei einer Katze sitzt, die du gut kennst, und deine Hand auf sie legst und versuchst, dich dem Rhythmus ihres Lebens anzupassen, der von dem deinen so verschieden ist, hebt sie manchmal den Kopf und grüßt dich mit einem leisen Ton, der von ihren anderen Tönen völlig verschieden ist und dir sagt, sie weiß, daß du versuchst, in ihr Wesen einzudringen. Sie blickt dich mit Augen an, die sich ständig den Veränderungen des Lichtes anpassen, du blickst sie an, während deine Hand leicht auf ihr ruht ... wenn eine Katze Albträume hat, dann muß sie auch angenehme und interessante Träume haben, genau wie wir. Vielleicht führen ihre Träume die Katze an Orte, die ich in meinen Träumen kenne, doch bin ich ihr dort nie begegnet. Ich träume oft von Katzen, von großen und kleinen Katzen, und ich trage Verantwortung für sie, denn die Katzenträume mahnen mich immer an meine Pflicht. Die Katzen brauchen Futter, oder sie brauchen eine Zuflucht. Wenn unsere Traumwelten, die der Katzen und die der Menschen, nicht die gleichen sind oder es nicht zu sein scheinen, wohin reist der Graue dann, wenn er schläft?

Er mag es gern, wenn wir still beisammensitzen. Doch das ist keine einfache Sache. Es ist unmöglich, bei ihm zu sitzen, wenn ich gehetzt bin oder darüber nachdenke, was ich im Haus oder Garten tun oder was ich schreiben sollte. Vor langer Zeit, als er ein Kätzchen war, lernte ich, daß er ein Kater war, der meine ganze Aufmerksamkeit verlangte, denn er wußte, wenn meine Gedanken abschweiften, und es hatte keinen Sinn, ihn mechanisch zu streicheln, wenn ich mit den Gedanken anderswo war oder gar ein Buch nahm, um zu lesen. In dem Augenblick, in dem ich mich von ihm entfernte, nicht mehr ausschließlich an ihn dachte, ging er fort. Wenn ich mich zu ihm setze, bedeutet das, daß ich mich beruhigen muß, still und entspannt sein muß, und wenn ich ihn streichele, dann muß es feinfühlig und gemächlich sein, unbelastet von Sorgen und Hast. Wenn ich das tue – und auch er muß in der rechten Stimmung sein, frei von Schmerz und Unruhe –, dann läßt er mich auf subtile Weise wissen, daß er versteht, daß ich versuche, ihn zu erreichen, ihn, die Katze, ihr tiefstes Wesen. Mensch und Katze: Wir versuchen das zu überbrücken, was uns trennt.

Die Originalausgabe erschien unter dem Titel »Particularly Cats« im
Verlag Michael Joseph Ltd., London (Übersetzung: Ursula von Wiese)

Die Erzählung »Rufus« mit dem Originaltitel »Rufus the Survivor«
erschien in der Erzählsammlung »Particularly Cats and More Cats« bei
Michael Joseph Ltd., London © 1989 (Übersetzung: Manfred Ohl und Hans Sartorius)
Die Erzählung »El Magnifico am Ende seiner Tage« mit dem Originaltitel
»The Old Age of El Magnifico« (Übersetzung: Hans J. Schütz) © 1998 Doris Lessing

Printed in Germany

Umschlag: Klett-Cotta Design, Stuttgart unter Verwendung eines Fotos von
Isolde Ohlbaum
Gesetzt von Reprographia Medienhaus, Lahr
Gedruckt und gebunden von Friedrich Pustet GmbH & Co. KG, Regensburg
ISBN 978-3-608-98301-2

Zweite Auflage, 2015